Illustrazione di Laura Pariani.

Laura Pariani

Milano è una selva oscura

Einaudi

www.einaudi.it

ISBN 978-88-06-19995-1

Milano è una selva oscura

A tutti quelli che non si imbrancano in greggi

Inverno

Magher magher, e long comè la famm, coi cavii bianch, e colla barba grisa, involtiaa in d'ona coverta de lanna el ven a poch a poch quell vecc moff, e increspaa, che ghe disen l'Inverna. Alto bon fœugh, e bon pagn i mee Sciori. Vedii quella faccia sbiavada sul fà di parpœur, che ghe dà el brazz alla dritta? quella l'è la nebbia sova fiœura; vedii quell che ghe stà alla sinistra, ch'el va come s'el scarligass, quell l'è el giazz, anca lú sò fiœu primogenit; e quij dò là dedree bianch bianch comè el lacc, che van sú, e giò di montonscitt, come se scocassen, quij hin la nevv, e la brina sò parent prossim. Ghe sem: pazienza, quaj coss porten anca lor, a chi guadagn, a chi perdita, a chi disturb, a chi piasè; e a quaighedun, se olter no occor, anch'el carlee…

CARLO PORTA, *El lava piatt del Meneghin ch'è mort.*

Allegro non molto

La sveglia nel dormitorio di Bande Nere è il momento peggiore. Non tanto per il gelo, ché in inverno non si può pretendere altro, quanto per gli odori sconci di tanti corpi ammucchiati. Tituffa titoffa, chi l'è che l'ha mollaa sta loffa? Un brivido. Colpa dell'atmosfera di malora che avvolge i corpi distesi su queste brande. Ché qui vengono a dormire solo gli strapelati lunatici, i randagi per affitti non onorati: come il Tiramolla che l'è sempre ciocco, il Legorín che gli manca il respiro a far dieci scalini, il Pètt-de-suora malato di muròid, il Verza che ci ha la faccia gialda per il fegato marcio. Tutti corpi vecchi che mandano cattivo odore e perdono sostanza. Derelitti di una povertà in caduta libera, fuori da ogni quadro statistico compilato da ben pasciuti funzionari Istat... Tramestío: la squadra dei primi pisciatori già corre verso il bagno. I disgraziati visceri dei vecchi, pensa il Dante: la polvere di cui tutti siam fatti; ché solo guardando i corpi altrui si constata la decadenza del proprio... Apre gli occhi. O fiolítt del Signôr mòrt, levee sü che 'l sol l'è vòlt...

Meglio uscire al piú presto. Il Dante si infila una giacca dalle molte vite: è lisa, l'è ora da dàghela al famoso Burella di Rho. Afferra l'ombrello che di notte tiene sotto il materasso per salvarlo dalla manolesta di certi suoi vicini di letto. La borsa a tracolla, che lui chiama «degli Avanzi», perché contiene qualche baravàj che è quanto resta dei suoi naufragi. Per ultimo il cappello, ben calato sulle orecchie. In un attimo è alla porta.

Un freddo barbino. Bisogna muoversi per riscaldarsi; e, come diceva Heine di quel santo decapitato che si mise la testa sottobraccio e prese a spasseggiare, tutto sta nel fà 'l primm pass. Adagio però, 'l mè Dante, col bastone che ti precede nella neve mezzosciolta, per evitar di scarligare. Arrancando su tre gambe, come nell'enigma della sfinge.

Si dirige verso il Naviglio, pestando le suole sul selciato sporco di coriandoli. Il freddo già gli morde i geloni. La mente persa nella divagazione casuale.

Una donna con la borsa della spesa. Dal prestinaio che sta all'angolo, il profumo del pane appena sfornato gli riporta l'epoca di quand'era un piscinòla; ché l'odorato è certo il piú forte dei sensi e l'infanzia è il momento privilegiato della scoperta, raccolta e classificazione di tutti gli aromi possibili: ché successivamente, nel trascorrere degli anni, uno non fa che ritrovarli. E per il Dante il discorso non vale soltanto per le fragranze deliziose dei mangiarini o della biancheria ripassata nell'amido e profumata dai sacchettini di lavanda di sozía Netta; no, lui pensa proprio a tutti gli odori: da quello acido della segatura di legno, gettata sul pavimento dell'ingresso di cà sôa nei giorni di pioggia, al dolcigno di certi vecchi messali; dall'acre dei feltri di muffe che coprivano il muro della cantina di sonònn Carlo a quello delle stoppie bruciate sottovento nei primi campi fuori porta, all'epoca del c'era-una-volta-e-una-volta-non-c'era.

Una donna sta rientrando con la sporta della spesa. Sull'uscio aperto, il rito di pulire le scarpe sullo zerbino. Una voce irosa dall'interno:

Marietta, serra sü in fretta! Te védet minga che se gela del frègg?

Ma allora cosa dovrebbe dire un barbone? Tanto piú che l'inverno è ancora lungo, siamo appena a martedí grasso, la Pasqua è lontana.

Uta muta, Cananea,
Pane, Pesce, Sanguea,
Uliva e Pasqua fiorita...

Il Dante recita la filastrocca sottovoce, contando sulle dita le domeniche di quaresima, come le enumerava sozía Netta, quando lui era ancora un piscinlètt alto cosí... Ancora sei settimane di nasi brodosi, tossi, starnuti, influenze, grippe e agrippine.

Nello specchio di una vetrina il Dante si scopre pallido: smorto come 'na patta lavaa. Qui ci vuole un bicchiere. Subito immantinente.

Una sosta a un baretto il cui proprietario, bontà sua, gli offre sempre un bianchino: salute! e a chi non piace il vino, Dio gli tolga l'acqua!... Quatter paròll da svirgolarcisi dentro. Ché il Dante è uno che sa raccontare. Presempio, di quando con il suo socio Biraghi aveva aperto una libreria antiquaria in via De Amicis... El par impossíbil, neh, stavo proprio a due passi da San Vittore, ché tutte le notti le grida delle sentinelle mi straziavano le orecchie:

Sentinella all'erta!
Sentinella all'erta!
All'erta sto!...

Roba da non crederci, il gioco a tombola della vita. Quasi una premonizione di quel che poi mi sarebbe capitato, quando i ciappa-ciappa mi mettono le castagnole ai polsi, boja d'un mondo, per tre rivistine con un paio di tette e culi... Proprio vero: l'inferno e i tribunali sono sempre aperti, in un esüssi m'hann faa la fignòcca e son rimasto pestaa come 'l sofà d'ona sguanguànna.

Però giri fortuna la sua rota
come le piace, e 'l villan la sua marra.

Ché mí son come il Galileo, quello dei canocchiali, un gran bravòmm, anche se i preti del sò temp la pensaven minga inscí e l'hanno costretto all'abiura... Cosa l'è l'abiura? L'è quando ti te pènset ona roba giusta e gli altri ti costringono a dire che l'è sbagliada, e il libro del perché stampato ancor non è. Ché, a far diverso dagli altri, si fa la figura del matto.

Il primo bianchino va giú in una golata, scalda lo stomaco, rimette in moto la mente: oh gran Padre dei versi e de la bissa... Buon vino, favola lunga, anche se la memoria del Dante è un groviglio indurito: i suoi fili non sono piú carnesangue, ma brume di immagini sbiadite, che forse sono ricordi ma potrebbero anche essere soltanto bolle d'un sogno che pare sia stata la sua vita. Ché nei confronti del passato lui è un credente che ha perduto la fede:

Oh vanagloria dell'umane posse,
com'poco verde in sulla cima dura!

Non restano che le ferite, il senso della perdita. Com'altrui piacque. E che giova ne la fata dar di cozzo?... A volte gli domandano perché sia diventato barbone. Cramègna, gli sbirri pigliano e il popolo impicca sicché, sangua da dina, quando è uscito da San Vittore, tutti voltavan la testa dall'altra parte... Ah, se dovaría fà quel che dicevano gli antichi: che te vàrdet e impara, e chi è senza peccato lanci la prima pietra. Ma nessuno l'ha ancora intesa sta lezione, si vede la paiòcca in l'œugg di alter e minga la trav in del sò. Eccosí, senza tanti tralalà, s'è messo nell'alto mare del vagabondaggio, con la sola compagnia picciola degli altri a cui è capitata la stessa sorte:

A mitaa strada de quel gran viacc
che femm a vun la vœulta al mond de là
me son trovaa in d'on bosch scur scur affacc,
senza on sentee da podè seguità;
domà a pensagh me senti a vegní scacc...

O Signôr di poerítt, che quel degli altri al gh'ha i cornítt.

Uscendo dal bar raccoglie una sigaretta spezzata. Din don, cicch e marrôn. Ma chi butta via sto bendidío? Tra il pollice e l'indice comprime accuratamente il mozzicone nel punto dello strappo, per non lasciare nessun passaggio all'aria. Ma non c'è piú il tabacco di una volta, gh'è in giro una rella, tutti si lamentano: gh'è pòcch da sfojà verz, poco da scialare. «Congiuntura» continuano a ciamarla, mah...

Un tram fa la curva stretta. Lungo stridore, scampanellare stizzento, sfrigolío di scintille azzurrine. Damòni, che pressa hanno tutti. La carrozza gli ha quasi fatto il pelo e il Dante sacramenta tra i denti. Ohí, che te vegna! Te m'hee ciappaa per on can? Al dí d'incœu il pedone non ha piú diritti. Se poi è anziano, e gli ci vuole il sò tempo per traversare, i ruotabili si infuriano. Ma andate tutti a ramengo!

Com'è imbruttita Milano. Uno come il Dante, nato dentro la cinta dei bastioni, dove l'ha mai vista da bambino una porta serraa? Nessuno si chiudeva in casa. Si viveva gomito a gomito, miee, nevodín, fradèj, sorèj, cugine zitelle, preti e perpetue... Adesso invece: cancelli blindati, lucchetto doppio, spranghe, allarmi, catenelle e catenacci. A dieci metri di distanza devi presentarci il biglietto da visita, poi si vedrà... Eppure anche ai suoi tempi c'erano in giro ladri e malagente: i lòcch, i forlínn, i baltrescànt, i tiradôr de spada che chiedevano l'elemosina e pescavano dalle saccògge, le crappe, la banda della Scopola di corso Magenta; gente con tutti i saformènt, che tirava fuori il coltello come se niente fosse. Naturalmente accompagnati dal solito corollario di foschi questurini, come il terribile sciôr Dondina in barracano nero:

El Dondina quand l'è ciòcch
el va intorna a ciappà i lòcch,
e je mena a San Vittôr
a sentí quant hinn i ôr.

Il mondo l'è diventato piccolo, dicono. Ball de Peder Gall! L'è il contrario: ché il mondo l'è diventato inscí grand che la gente non si incontra piú, manco per sbaglio. Nessuno che per strada ti guardi, nessuno che saluti, tutti a correre a casa a trincerarsi dentro col cadenazzo di sicurezza. Cuciti in cà come dentro in d'ona scatola. Tame in un bunker. Ma che modo di vivere l'è? Che paese stiamo diventando? Pora Italia. Povera Milano, se la va innanz inscí. Oh creatür 'nnegaa in del brœud di gnocch, sii anca cucú...

Lungo il Naviglio, nel piazzaletto di fianco a una cappellina chiusa, qualcuno ha acceso un fuoco in un bidone. In quattro se ne stanno lí a mani tese, cercando di scaldarsi. Il Dante li sbarlügia da lontano. I due piú giovani sono il Maríssia e l'Introibo, che hanno collezionato per furto una lunga solfa di soggiorni alla Criminale: il primo galuppava con destrezza i borsellini della gente sul tram, il secondo era un campione di scasso; partiti con le fanfare dell'età fiorita e ridotti a pè biott a metà strada de quel gran viacc... Seduto su una cassetta c'è il vecchio Garòfol: di lui il Dante non sa quasi niente, perché è raro sentirgli dire dò paròll in croce, dato che sulle labbra gli cresce un grosso cancro che pare un garofano rosso: non può parlare, ché la voce, quando lui ci prova, gli esce come un gorgoglío d'acqua; per questo si limita a sorridere tremulo, le rughe incrostate di sporcizia, e a scuotere il crapone calvo istoriato di cicatrici giallastre. L'ultimo, quello che sta giocando con un bastardino con la coda a virgola, è il Felisín, on bèll matt gloriôs che, ogni volta che s'imbatte nel Dante, trova il modo di contargli qualcosa degli anni passati al manicomio di Mombello:

Mi han fatto tanti di quegli elettrosciocchi che m'han scassaa tutti i denti de sôra, dimmi te se l'è giusta, ché era meglio se memà prendeva l'ago della calza e mi sgorava fuori nelle prime settimane.

Il Dante sorride: tutti brava gente che di tanto in tanto gli capita di incontrare nella zona oltre la darsena. Poi conta i mozziconi che ha nelle tasche sboccacciate della giacca. Bôn, sei o sette, va bene. Ché a presentarsi a mani vuote intorno a un fuoco non si fa mica bella figura.

Ohé, Dante, quanto tempo che non ti si vede... Da dove te vègnet?

Son andaa fœura dal bosch, la dolorosa selva, a fà la legna. E tí?

Innaz indree bartolamee... Un po' gió de corda. Fortuna che 'l Maríssia ci ha qui una bottiglia di grappa appena sninzaa. L'ha trovata tra la spazzatura in una via qui dietro, da non credere cosa butta via certa gente.

'Na botta di fortuna.

Si vede che 'l Signôr l'era indormentaa.

Ridono, i cinque rappresentanti della scarsissima razione di ambrosia che una tantum gli dei lasciano cadere sulle nostre teste, quando sono distratti. Si passano l'un l'altro la bottiglia regalata dalla buonasorte e alcune croste di formaggio della medesima provenienza. Il Dante spartisce con gli altri le sue cicche. Ah, come si sta bene insieme agli amici, anche se vecchi e tardi. Poi, da una pila di cassette infradicite e ammucchiate sui gradini che scendono all'alzaia, va a cavarne un paio riempite di vecchi giornali. Le accosta al bidone perché comincino a seccare: bisogna che carta e legno asciughino un po' prima di essere buttati sul fuoco. Meno male che per adesso non nevica.

Gli viene in mente il falò di Carnevale, quand'era bambino: in giro per i cortili, infagottato con sciarpe, cappuccio e guanti di lana, a questuare qualcosa da buttare sul fuoco:

Cippilimí cippilimò:
dèmm i legn de fà 'l falò;
dèmmen vuna, dèmmen dò,
sidinôn ve s'cèppi 'l coo;
dèmmen trii, dèmmen quatter,
sidinôn ve s'cèppi la crappa;
dèmmen cinq, dèmmen sés,
sidinôn ve robi i verz...

Canzoncina minacciosa che il gruppo intero dei picinàja intonava con protervia da teppa. E tutti i vicini finivano con lo sganciare qualcosa: vecchie ante di persiane scalcagnate, sgabelli rotti infognati negli spazzacà, rami secchi, marigàsc. Era un punto d'onore per i bambini del rione raccogliere il piú possibile e poi difendere, anche facendo a pugni, il mucchio di legna accumulata. Quando finalmente arrivava la notte granda del Sabato Grasso, già al crepuscolo si drizzavano le pire: cataste colossali, torrioni spettrali dei materiali piú eterogenei, collocati in modo da creare prese d'aria e sfiatatoi favorevoli alla combustione. Infine, una volta acceso il falò, tutti a brandire forche e bastoni, sorvegliando che le fiamme non si smorzassero... Il Dante ricorda ancora nitidamente le sagome nere dei suoi compagni di gioco saltellanti contro la luminéra delle fiamme. Fino allo schianto definitivo delle cataste, con serpentine di scintille che salivano a razzo bruciando per un attimo il nero della notte.

Un mortorio grigio, ecco cosa sembra il Naviglio oggi. E pensare che qui, quando il Dante l'era on balín, ogni giorno d'inverno c'era un gran traffico di chiatte stivate di legna da ardere, di sabbia, di cavoli. E, nella bella stagione, si veniva qui alla festa a prendere 'l barchètt tirato dai cavalli che avanzavano lenti sulla sponda – le fruste schioccavano in aria a spronare il faticoso incedere delle bestie – fino a Robecco, o diniguàrda anca püssee lontán, per andare a raccogliere i ruartís nei boschi di robinie della valle del Tesín e poi cucinare 'na spargiàda con le uova. Asparagi matti saltati in padella, accompagnati da pan de mèj: gli pare di risentirne il sapore sulla lingua e la faccia gli si anima ricordando ste cose dei seculorum...

Guarda l'acqua grigia e melmosa che lambisce gorgogliando l'orlo del canale. Poi si mette ad appallottolare dei fogli di giornale da aggiungere al fuoco. L'occhio gli cade su un articolo: «Il ministro del Turismo e Spettacolo deplora le manifestazioni della contestazione giovanile che, oltre a minare i valori della tradizione, finiscono per tramutarsi in un vero e proprio attentato alla nostra piú grande industria, costituita dal turismo...» Lo legge agli altri, a voce alta, con toni grotteschi che imitano un vocione da potentato:

Avete sentito, i mè genti, sta romanada? Questi qui del governo mica stanno a pelar fichi... I cortei di protesta mettono in crisi i valori: la Famiglia, l'Amore dei campi, Dio – la cui facilità a farsi mettere in crisi mai finisce di lasciarmi scorlii –, i Sacri Confini d'Italia e il Buoncostume. E, per soprassello, i cortei di protesta sono brutti, spaventano i turisti, nuocciono all'Iniziativa privata, all'Industria dei detersivi e delle automobili. Epperciò bisogna eliminarli! E le scritte sui muri, i erb che vègnen sü de per lôr? Eliminare! «I muri sono il libro della canaglia», dicevano i busecconi in temporibus illis: vanno santamente purgati da ogni scoria prava del dire. E le vecchie case di ringhiera? Troppo brutte: via, sparire! I trani di poco prezzo, i dormitori pubblici, i mercati rionali, le mutande e i pannolini smerdati stesi ad asciugare? Via! In America già lo fanno: è proibito per legge stendere il bucato alla bell'aria.

Te see on gran esageraa...

Eppure l'è vera, giurín giuretto, tre fiammelle al pè del letto: pro-i-bi-to, verboten. Col beato aspèrges del bastone.

Ma perché?

Cosí uno è costretto a comprare l'asciugatrice elettrica e gli industrialotti fanno i danee da mètt in di sò banch de marmo. E adesso il governo di Roma si mette a fà 'l mericàn anca lü.

E i barboni?

Via pure loro. Cosa ti dice il ghisa quando ti sorprende fermo sui gradini di un portone? «Muoversi, circolare, sparire, che qui si può mica fà el zavàj!»... Sono sospetti tutti i vecchioni, i poveri, i minoraa, i balenghi storbaluna, gli zingari. Tutti classificati e giudicati in un santiàmen: botte agli zoppi!... Dicono che mendicano, che non si lavano. E allora? Che male si fa a domandare un soldo a chi ne ha tanti? O di riffe o di raffe, la pancia reclama il mangiare tutti i dí... Lavarsi? Ci vorrebbe la salvietta, il sapone, il catino, una stanza. E siam tutti senza casa.

Senza casa, senza lavoro, senza soldi. I manca-tutto.

Eggià. Troppo brutti, mosche importune, spaventiamo i turisti. Sparire, sciò! Kaputt!...

Il Dante si riaccende il mozzicone che nella foga del parlare si è spento. Un mezzo sorriso:

Sacranôn, pensiamo a noialtri cinque, che di guai ce ne abbiamo avuti nella vita una bella colleziôn. Ché presèmpio memàma, quella vera che mi mise al mondo, mi lasciò sui gradini di una chiesa. Erano tempi grami, il 1899: l'anno prima si faceva la fame e un generalone, che di nome faceva Crudele Monarchico Bava, aveva sparato sulla folla che chiedeva la michetta. Mi portano alla Pia Casa degli Esposti e da lí mi mandano a balia in un paesino della zona di Cuggiono, dove la miseria l'era tanto fonda che le contadine, in cambio di due palanche, si accollavano oltre ai figli propri anche l'allattamento dei bambini abbandonati. Ché se non fosse stato che per caso una famiglia milanese di quelle benestanti, papà Mili e mama Dorina, mi videro una volta mentre villeggiavan d'estate nella valle del Ticino e si incapricciarono di prendermi in cà, visto che a loro di figli non ne erano venuti... eh, se non fosse stato per quel caso, o per la santa provvidenza del Gran Barbôn Fabbriciere, io non lo so se sarei riuscito a diventare grande: morivano come mosche i bambini abbandonati che, dopo il baliatico, tornavano al brefotrofio: crepavano di dissenteria, di tisi, di tifo, di scrofola, ché a quei tempi là era molto piú semplice far sparire la razza dei poeritt, fin da piccoli, senza lasciarli crescere e spargersi per la città... E allora lo sapete cosa gli rispondo ai signoroni di questo giornale? Che vadano tutti al babi. Che se è per me, facciano pure, mi levino di mezzo. Io non voglio proprio starci in un mondo dove, quelli come me, li eliminano con leggi birbone. Ché se pure volessi cambiare, mica potrei: mí son 'l Dante, mica un qualunque sciôr Brambilla. Mí pensi, dônca ghe son. Dateci un'esistenza che non sia pendízio o castigo, una vita che in un mondo civile dovrebbe essere garantita a tutti, e i senzatetto spariranno. Ma con questi chiari di luna, se Lor Signori non sopportano il Dante, cosa ce ne posso? Fingere di essere diverso? Sbassà 'l coo, fà de leccapee, baciargli la tonaca e 'l pretèrit? Puttasca, io 'sta soddisfaziôn non la do a nessuno: se non gli piace come son fatto, se pensano che sia l'erba matta de strappà sü, allora che si prendano il disturbo di farmi sparire. Già ci han provato col confino a Ponza nel '37 e con la condanna a tre anni nel '61: cinque anni della mia vita Lor Signori mi han tolto...

Intanto 'l Felisín solleva le braccia con movimenti rigidi da marionetta, le agita, disarticolate, per scuotersi di dosso il freddo e si mette in bocca l'armonica, cavandone fuori a mo' di commento un giro di accordi. Il Dante intona:

Se quaidún ci manda via
canteremo 'na canzôn,
non è questa la maniera
di trattare i lingerôn.

Il bastardino del Felisín, che prima sguazzava nella neve sciolta impastata di frammenti di giornale, ora si mette sull'attenti, senza mugolare, ma sembra accompagnare la musichetta battendo a terra la coda a mezzaluna.

Ohé, guarda, 'l mé Dante, al cane del Felisín piaccion le canzoni dei lingéra.

Caro tí, le bestie, se le guardi attentamente negli occhi, capisci che la pena la conoscono bene e, quando si affezionano a qualcuno, sono solidali. Gli uomini invece...

Sull'alzaia la scaletta delle lavandaie è quasi tutta sommersa. Una donna è intenta a risciacquare una brenta. I cinque barboni intorno al fuoco fumano e contemplano il muoversi di quel didietro sui gradini saponosi. Un groppone sfiorito come ouverture della giornata. Sospira, il Dante, lui che ai tempi amava considerarsi come un melomane dell'alcova, capace di scorrere il suo archetto sulla pancia svasata di tutti i violoncelli a due gambe che incontrava. Ma chi ha goduto, sgoda:

l'è 'l contrapàss per i vègg tame mí,
che s'hinn lassaa comandà dalla braghetta.

C'est la vie, caro 'l mè Maríssia, la prima volta fu al fronte, nella Grande Guerra. La tradotta con la gran mandra di soldatini convogliati alla mattanza, «cavalli otto uomini quaranta» stava indelicatamente scritto dentro il vagone. E una volta sulla linea di fuoco, grappa a volontà e ragazze 'na volta al més, cosí ci imbesuivano: in temp de guerra, püssee ball che terra... Quella che toccò a me era una bassitalia piscinina piscinina, ché la gallina nana la pare sempre 'na pollastra. Coi riccioli tirabaci e le labbra sciroppone tinte di rosa. Dicono che il primo amore non si scorda mai. L'è vero. E varda tí che non ho mai saputo nemmeno come la si chiamasse, mica m'è venuto in mente di chiederglielo, ché a quell'epoca ero timido, bisognava tirarmi fœura i paròll con la rampinéra. Colpa un po' del carattere un po' dell'educaziôn di quei tempi là: ché io ho studiato dai preti, perché mepà Mili l'era un repubblicanone col cappello nero e la cravatta a fiocco, ma pensava che 'na scuola religiosa mi avrebbe levato dal coo tutte le ideuzze metafisico-devote in cui cadono di solito gli sbarbatelli. Insomma, 'na specie di cura omeopatica. E alla longa-longhiéra ci ha avuto ragione. Però, in sul momento, sti preti ci rembambivano con la tiribàra che la sera bisognava spogliarci con precauzione, per non mostrare le nostre vergogne bestiali all'angelo santo. E figurati che certe volte – già da ragazzo e mica un bambinetto cont 'l sottanín, neh – a casa dei mè zii di Lasnigo, durante le feste capitava di giocare a sbiotta-camísa insieme al battaglione dei cugini: chi perdeva la mano doveva togliersi di dosso qualcosa, anca i tosànn... Un gioco leggermente spinto? Ma cosa dici, scemo. Se credi che Lasnigo fosse come il Moulin Rouge stai fresco. Tanti eravamo a giocare, e cosí tanto intappaa di vestiti, polpítt e polpetta, che di piccante non succedeva mai niente. E se poi qualcosina capitava di vedere, qualche centimetro di braccio o di gamba, figurati che diventavo rosso come on gàmber, mi scioglievo come burro in padella. Eh, s'impara troppo tardi a stare al mondo, ghe vœur nass vègg par morí giòvin.

E dovevi vedere quella volta che a scuola il maestro mi catta disattento e mi dice:

Ohé tí, Colombo, fammi tre esempi di bello e di piacevole nelle sue varie gradazioni.

Naturalmente pretendeva che rispondessi sull'unghia, seduta stante. Io, figüret, morivo di vergogna, mi sentivo ridicolo a cercare le parole per dire certe cose – le gradazioni del gusto e del desiderio, mancopopodimeno – davanti a tutta la classe che ridacchiava e si dava di gomito. Tanto piú che quel rosto del maestro Villa si spazientiva in fretta, e giú bacchettate. Allora mí vado in pattaroo e mi butto a dire la prima cosa che mi viene in mente: al primo posto, delizia delle delizie, il tirafiaa... ve le ricordate, no? erano mentine color verde farmacia, con incise due teste di profilo, come sulle monete vere: al mercato erano i bomboni piú spesosi, ergo per me erano il sinonimo del massimo piacere. Poi, al secondo posto, 'l giardinètt, zuccherini tondi di colori differenti che costavano un po' di meno. Al terzo, 'l mes'ciozz, una mescolanza di avanzi boccabuona per tasche semivuote. Fine della graduatoria dei piaceri... Ricordo soltanto che il coro di risate dei miei compagni di classe fu, per volume e durata, tra i piú notevoli tra quelli che abbia mai ascoltato... T'hee capii, Felisín? Altro che concupiscenza: a riempirmi le saccògge di bomboni, pensavo a quell'età, mica a limonare con le signorine. E sí che ero già grandalín, ma questo non si può mai dire, ghe vén grand anch'i pobbi. Insomma, col cherubico senno del poi, l'ero un minchioncino. E pensare che dopo qualche anno son cambiaa dal sole alla luna, ché, da buon femminiere, di donne non ne avevo mai a basta:

dôe voo,
morosa foo;
dôe passi,
morosa lassi.

Ma è difficile lasciarsi completamente dietro le spalle i precetti che t'hanno inculcato le socche nere. Vardee, una volta stavo in camporella con una rossina che ci aveva ogni bellessa al sò posto giusto, e succede che suona una campana da morto, e il pirla sottoscritto cosa ti fa? Il segno della croce. Giuro. Il santo riflesso di Pavlov. Fortuna che quella stellascia non se l'è presa, anzi è scoppiata a ridere, abbiam finito per scompisciarci come due matti in del nomine pàter. Della comunione dei santi tocchi in testa.

Ché davvero se al Dante chiedessero cosa gli manca di piú della vita che conduceva prima di invecchiare, risponderebbe senza alcuna esitazione: un bel canapè con sopra una donna piacente, che l'è la roba püssee bella che esista. Il mondo va male perché la gente sta poco a letto a fare amorosanza. Presempio, se tutte le sedute dei tribunali se fasèssen bèj stravaccaa su un materasso morasín, di vera lana, ah come 'l saríss bèll el mônd, e i giudici mica mi avrebbero condannato.

Be', allora s'ciao, i mè gent. Me ne vado in partibus infidelium. Ci vediamo uno di questi giorni.

Neve che sfarfalla: quando nevica a minuto, la vuol fare insino al buco. Il Dante si ripara in un androne che si apre sul cortile porticato di un robivecchi. Un sanmichele di cassetti, orologi a pendolo, ombrelle, gabbie di canarini, soprammobili alla rinfusa, cesti, piatti scompagnati, una specchiera smagiaa, un cavallo a dondolo che lo fissa con grandi occhi dipinti; e poi ancora: poltrone con la fodera sdrucita, un cappello da bersagliere, i cocci della statua di un dromedario...

Ghe rívan i Remàgg,
con dent i anillôn:
i òmen senza barba
gh'hann frègg al barbillôn.

Però anche con la barba il Dante ha il mento gelato.

L'uscita di una scuola media con adolescenti attruppati – cappucci e sciarpe multicolori, ciuffi di capelli scuri dal buco del passamontagna. Memorie di un'educazione rigorosa, aule grigie con mosconi che cozzavano contro i vetri, partite a pallamano, la scritta DIO TI VEDE ripetuta anche nei luoghi meno decenti, versioni di latinucci, guerre giugurtine, la madre dei Gracchi, il pio Enea, il Mare Nostrum; e poi: Il morbo infuria, il pan ci manca, sul ponte sventola bandiera bianca; Pietro Micca e la rosa di Silvio Pellico; Eran trecento, eran giovani e forti, e sono morti. Il tutto inframmezzato con qualche funebre dolcezza sul tipo: i verdi melograni dai bei vermigli fior, cavallina storna che portavi colui che non ritorna, Addio monti sorgenti dalle acque... Il Dante ricorda che, in un'epoca in cui era senza lavoro, aveva utilizzato il suo diploma magistrale per dare qualche lezione privata ai ciucci del quartiere. C'era, presempio, quel tal ragazzotto con una faccia tonda da pan giald – il nome non lo ricordo, solo il cognome, Bernasconi, e che era figlio di un baüscia che stava nel ramo dei mobili – a cui ogni settimana il professore di italiano assegnava un componimento «libero», il che significava che l'argomento della piccola fatica letteraria era lasciato alla sua spontanea creatività – termine quest'ultimo che a quei chiari di luna non era ancora in voga, ovvio, ma che ora tutti chiamerebbero cosí. E per quel tal Bernasconi, di cui la memoria ingrata non ha conservato il nome, era un vero e proprio tormento: non gli veniva mai in mente niente, ma proprio nagòtta da dire... Una volta mi porta da correggere un temino striminzito cui aveva messo sto titolo: *Se sarei un pesce*. Allora io, prima ancora di mettermi a rintuzzare la sopravvalutazione narcisistica dei suoi desideri ittiologici, comincio a spiegargli che in quel caso lí, col se, l'uso del congiuntivo è obbligatorio; e lui, fresco tame 'na rosa, mi fa:

Va bene, sciôr maestro, allora ci cambio il titolo,
e riscrive a capo della pagina: «Se fossi un pesce e vivrei in fondo al mare e arrivano i pescatori». Per brio bacco, ricordo ancora la conclusione del componimento: «Insomma, quando sarei un pesce, non avrei piú da pensare, ma soltanto la tranquilla lotta per la vita». E siccome in quel periodo il medico mi aveva prescritto di bere come ricostituente l'olio di fegato di ippoglosso, che poi l'è un merluzzone dei mari freddi del Nord, mentalmente cominciai a soprannominare «Ippoglòss» quel tal somarone. Ma devo pur sempre dargli atto che una tal formula – «la tranquilla lotta per la vita» – neanche a un gran filosofo l'era mai venuta in mente.

E chi la vuol chiara, l'andàga a la fontana.

Largo

Quasi l'una. Dài, Dante, sta' minga a cinquantàlla, di-s'ciôllet! L'è ora di pensare al pranzo. Molti barboni vanno al fœugh della carità del refettorio alla San Vincenzo. Ha provato anche lui: uno stanzone graveolente di verze bollite, popolato da vegliardi che sputazzano minestra di zucca bacucca, pancottoni né frègg né cald, insapori come gli inni sacri di don Lisànder. Va' a vôngerti de l'oli di quella stría: questo l'è il risultato della «tranquilla lotta per la vita». Ma il Dante da quei beghèzz, da quelle carampane di cartapecora che son le dame del biscottino, non ci va non ci va non ci va, perché dovrebbe in cambio fare il segno della croce e recitare una preghiera di ringraziamento; una volta che gli è capitato di ritrovarsi in quella mensa, per insistenza di un conoscente, la scritta SILENTIUM, che troneggiava sul muro del refettorio, gli ha ricordato il teschio con le tibie figurato su certe boccette di medicinale di quand'era bambino... «Mangià e bev in santa libertà, diga chi vœur, l'è on gust cont i barbís», scriveva il Porta. Parole sante, secondo il Dante; ché il primo dei poeti milanesi pure lui l'era della razza dei poerítt ma gnücch: un modo di dire secco e forte, che contiene per il Dante una voglia di ribellione contro e nonostante la povertà: l'orgoglio gnücco dei donchisciotti che non si piegano... È per questo che lui preferisce il retro di una trattoria che gli è capitato di frequentare in tempi migliori, dove la Rina gli lascia nel cortiletto, sopra il bidone della spazzatura, un piatto coi rimasugli del giorno prima. Roba di prima qualità gratis-amoredèi, peccato sia tutto mischiato alla sanfasàna, 'na vera cassína borlanda: due forchettate di tagliatelle insieme con resti di cavolfiore, un pezzetto di torta bordegata di spezzatino, e che alla fine sa di aglio per quanto scrupolosamente il Dante cerchi di ripulirla. Mangiare e sospirare, sospirare e mangiare, a occhi semichiusi, sognando con la memoria olfattiva antichi sapori: polenta e bruscítt, pasticcio di regaglie, risotto con le cotiche.

Da una finestra si intravede un angolo della sala da pranzo, un cliente seduto a chiacchierare, il viso ravvivato dal bicchiere di rosso che splende sul biancore della tovaglia. Ecco, volgendosi verso i vetri, si è accorto del Dante: smette di mangiare, tra stupito e curioso, indicandolo col dito a un commensale seduto di fronte a lui.

E allora? Uhé, boccagranda, cosa c'è da guardare? Mí son el pòer Dant in bolletta, malattia ch'è sémper stada in frega in chi se ciappa 'l spass de vèss poeta.

Una scritta sui muri di via Laghetto: IL VIETNAM È QUI. IN FABBRICA SI LICENZIA, A SCUOLA SI BOCCIA. I VOTI SONO IL SALARIO DEGLI STUDENTI. In via Larga un furgoncino con l'altoparlante: la musica dell'*Internazionale* inframmezzata con un invito agli universitari perché partecipino domani a una manifestazione davanti a una fabbrica di Sesto San Giovanni. Sull'angolo, due tipi con occhiali affumicati e giubbotto nero, con l'aria di polee in borghese.

Slogan e anatemi al capitalismo vengono scanditi ad alta voce e amplificati dall'altoparlante:

Studenti e operai uniti nella lotta!

Trasformare questa società che fa della scuola un privilegio di pochi invece che un diritto di tutti!

Un infortunio ogni 20 secondi. Un invalido ogni 10 minuti. Un morto ogni 2 ore!

Un paio di giovanotti in tuta blu distribuiscono volantini davanti alla Statale. Operai insieme a studenti, questa sí che l'è una novità. Finalmente qualcuno l'ha capito che il fatto che pochi comandano e molti sono torchiati, non esiste soltanto nell'officina...

Ché nella scuola, ai tempi in cui il Dante era studente, di fabbrica non si parlava mai. Al massimo l'accenno alle classi lavoratrici veniva fuori leggendo *I promessi sposi*, che se non era la Bibbia, per don Zaffa, il sò professorín d'italiano, stava solo un gradino sotto. E don Lisànder aveva una regola di comportamento per tutti, i tessili in special modo: che si astenessero dai bagordi alcolici, che non si mettessero in mente di fare di testa loro, men che meno di assaltare forni, perché gli atti di insubordinazione non portano a nulla; meglio rimettersi alla mano invisibile della Provvidenza e dei suoi rappresentanti in terra, cioè le superiori gerarchie ecclesiastiche, dai cardinali in su.

Sorride a una finta coppietta, soldatino piú morosa, piccicati stretti stretti. Cosa ci fanno in giro sti due, che non sono neanche le due del pomeriggio? Beata gioventú, che quand l'è passata la gh'è pü. Mascherine a buon mercato: lei con la divisa militare di un fratello maggiore, i baffetti disegnati con un tocchetto di carbone, la bustina vezzosa sui riccioli biondi tirati all'insú; invece il giovanotto, con le tette gonfie di stracci e il cerone a nascondere i segni della rasatura del mattino, sembra un vero puttanone. Al Dante viene in mente quando l'avevano chiamato alle armi nella Grande Guerra: lui era solo un ragazzino del '99, ma era l'epoca in cui, dopo Caporetto, gli addetti al reclutamento non si facevano piú scrupoli di mandare dei ragazzini in bocca al lupo, e pure lui era imbevuto di una tale retorica della guerra.

Giovinezza, giovinezza,
primavera di bellezza,
nella vita e nell'asprezza...

cantava già Nino Oxilia quando i Fasci eran ancora ben là da venire... E cosí si era all'imprevista ritrovato in una caserma a fare l'addestramento, unò duè, unò duè, siníst dest, siníst dest, passo... E tutti a canzonarlo perché veniva da una scuola di preti e per soprassello non aveva baffi, neanche l'ombra. Gli dicevano sghignazzando:

Sembri 'na signorina. Prenditi i peli del culo e mettiteli sotto il naso, cosí magari ti viene l'aria di un uomo!

E allora, siccome non voleva fare la figura del pauroso, appena arrivato al fronte, non si contentava di stare a scavare fossati nella terra cretosa che smottava via continuamente – che era poi il compito consueto che affidavano ai piú giovani iloti da trincea – ma si offriva volontario nelle imprese piú pazzesche, contro i tognítt con la baionetta e il trinciante per il filo spinato su cui stavano appesi per settimane i morti; oppure, dopo i bombardamenti, correva a far le giunte ai fili del telefono che si rompevano: faceva perfino scommesse col suo capitano sul tempo necessario per eseguire la riparazione, e cosí guadagnava cinque e perfino dieci lirette. Insomma, robe da baciocchi.

Quando portano la pagnotta,
il cecchino comincia a sparar,
tapúm tapúm tapúm...

Però onorificenze al Dante non ne hanno date neanche una, ché per le medaglie serve di piú essere immanicati con i generali che stare davvero vicini alle trincee nemiche. Sei mesi persi a scavare, marciare nella palta e seppellire morti: va' là che bel divertimento per un ragazzino di diciott'anni, neh. E alla fine, a casa, con un bel calcione nelle posterga.

Le illibate case di via Fatebenefratelli. Tacchi superbiosi, titíc e titàc, sui marciapiedi. Uffici che risfolgorano di scrivanie dalle maniglie dorate. Avvocatoni e superagionàtt con la fregola dei danee

tirapee
carriere
bandiere
glorie
vittorie
borie...

La crisi e la penuria di circolante in questa via non si sente; piuttosto il ringhio smargèss di automobili di lusso. Questi milanesoni continuano a cambiar macchina e non sanno che domani può scoppiare la revolussiôn.

Se ne sta immobile, a un incrocio. Quasi imbalordito. Lo sguardo di una signora pellicciata passa su di lui come se il Dante fosse un bugnone purulento spuntato per sbaglio in questa strada rilucente di salute. Meglio non inoltrarsi di piú. Zona pericolosa, nemica in vitetèrnam.

Ché per il Dante Milano si divide nettamente in due: fratelli e nemici. Presempio, fratelli sono l'ombrellaio che lavora sotto i portici, accanto al mazzo di stecche metalliche e al rotolo di stoffa nera; la Marisa col suo baracchino di fiori, stessi vasi di prima della guerra, stessa voce roca di troppe sigarette; la Palmira che al pomeriggio fa la pettinatrice in casa delle clienti di corso Garibaldi; la Giuditta che gli cuciva gli orli dei pantaloni fin da quando lui era un giovanotto e continua a tutt'oggi il sò mistee in un cortile di via dei Chiostri; e lí affianco, il Cagnotti che aggiustava le camere d'aria delle biciclette e ancora resiste tra le scaffalerie del suo antro scuro. Sorelle sono le vecchie corti, la polleria Spreafico con il suo cestello di uova posato su un piano di marmo triste, l'insegna polverosa del guantaio Rubino col suo campionario di bottoncini e di pellame di vario colore. Sorelle le voci dei proverbi ben oliati dai secoli dei secoli, che a volte ancora sussurrano:

Dottôr giòvin, gœobba all'ossàri,
Fa e disfà l'è tütt on laôrà,
La roba desideraa la var püssee che donaa...

Fratelli, i vecchi pisciatoi coi muri coperti di bagasciate; fratelli, i ballatoi di ringhiera con le gabbie dei canarini appese ai ciod, i trabiccoli dei materassai, gli scialli di percalle, i tram con le panche di legno, i bagolàri frondosi di via Vincenzo Monti. Fratelli, perché non corrotti dai tempi recenti. Fratelli perché continuano a darsi nella lealtà di chi non può essere diverso da ciò che è stato.

Nemico è invece l'asfalto che copre i vecchi canali, tutto sto presente di macchine e fragori, dagli sbarlüsci del neon nelle recenti boutique alla smania di americanità che si respira perfino nel parlare. Ché il nuovo è brutto e volgare in questa sua frenesia di sfrollare tutte le care ricordanze. Ché è cosí che per me l'è diventaa Milán: il tempo, vigliàcch 'me 'n làder, si diverte con tutti i manufatti dell'uomo e li porta via come fossero nuvole al vento, come foglie rinsecchite, come polvere delle strade per dove passiamo, senza raccapezzarci, convinti che la barca la va, che il nostro cammino umano sia particolarmente predisposto secondo un significato superiore. E invece siam dentro nel tempo della ranza di cui noi pulci, noi orbi, noi ciôlla, neanche ci rendiamo conto.

San Simpliciano. È sempre con un battito di cuore che il Dante ci passa accanto. Ché fu sui gradini di questa chiesa che sua madre – la sconosciuta che lo mise al mondo ai primi dell'anno 1899 – lo abbandonò: nel cesto di vimini, oltre ai pochi pannicelli in cui era avvolto, c'era una figurina rappresentante una nave, staccata da uno dei calendarietti che a quei tempi stavan dentro le scatole di tabacco; insieme con un biglietto che recitava:

«Prego che lo accettino con amore, che è solo l'estrema miseria che mi conduce a fare tale passo...»

Chi lo sa, forse somà era una delle giovanissime sigaraie del tabacchificio d'angolo tra via Moscova e via Statuto; magari non era sposata e l'uomo che l'aveva messa incinta era stato incarcerato per i moti del tragico maggio dell'anno precedente oppure aveva preso una nave per la Mérica. Che gran desgràssia la dev'esser stata... Quante volte, ascoltando dalla voce dei suoi genitori adottivi la storia dei contrassegni rinvenuti nel famoso cestino, nel bollore della sua mente adolescente il Dante aveva fantasticato sulla possibile identità della sua mamma carnale: ne provava paura e insieme vergogna, quasi si trattasse di una cosa vietata, di un segreto chiuso in gola, da non rivelare a nessuno.

È l'ora di chiusura del mercato rionale. Lamentele di gente che tira il prezzo, perché si arrabatta e vén in pè d'on tant al dí. Una fila di donnette che a metà mese già hanno le tasche lustre come i polpacci di sant'Anna. Una non trova piú il borsellino, butta la borsa sottosopra, quasi prega:

Ch'el speccia. Ma se ghe l'avevi chí appena adèss... Oh povera mí.

Alla fine si convince che deve aver dimenticato i soldi a casa, implora, assicura che pagherà domani, ma il venditore è inflessibile:

Le tengo qui il sacchetto ancora per un'ora, nel caso che torni...

Oramai non si fa piú credito. Pietà l'è morta.

È il momento che i banchi sbaraccano. L'ora in cui calano dagli appartamenti di ringhiera i pensionati col paltorello che un tempo era tinta Moka sgargiante e adesso è ormai un malinconico color merda-de-poerítt, caghetta slavagiaa di una dieta magra. Facce luguzzént e onnubilate dalla sgagnòsa, il vuoto epigastrico che arriva fino agli occhi, mani che cercano qualche banana nera e schisciaa, una mela tomborlata per terra e gibollata.

Un banchetto di vestiti usati. Il Calandra, lo strascee, cerca di fare il simpatico gridando:

Gh'è chí i stràsc, dònn! Gh'è chí i dònn strasc!

Un calembour che vale poco, ma le pensionate, su cui il logorío della vita ha lavorato pesantemente, sorridono frugando febbrilmente tra vecchie liseuse e gonne a quadrotti scozzesi quasi nuove.

A cinquanta e a cento lire, donne! Un affare! Prezzi stracciati! Nei negozi pagate caro e vi spacciano de la gran marocca. Qui invece roba scelta e se spendascia minga!

Qualche cliente sospira che comunque el bonmercaa 'l strascia 'l borsín.

Il Calandra ha fatto l'operaio in una grande industria automobilistica e ci ha sempre in bocca un mucchio di storie su chi lavora in fabbrica invecchiando precocemente, i ritmi delle macchine che non lascian respirare, i turni di notte, il cottimo che fa rischiare le mani sotto la pressa, le scocche che escono dai forni cosí calde da ustionare i polpastrelli, la lastroferratura che pare un inferno di fumo e scintille... E guarda, 'l mè Dante, è come essere in pista a Monza: che ogni giorno si aumenta la velocità della produzione. Cosí capita una volta che il reparto si ferma di colpo, nessuno sapeva bene cosa stava per succedere, io ero teso come uno sparo di fionda, finché passa la voce:

Venga giú il direttore del personale!

Un coro tale che lui alla fine non può che scendere. Tremava tutto, neh. Lo mettono vicino a un tornio e poi, quanti siamo, gli sfiliamo davanti e gli ripetiamo uno dopo l'altro:

Faccia de merda!

Faccia de merda!

Faccia de merda!...

Ride amaro il Calandra, mentre tira una boccata di Nazionali senza filtro. Rimastica la campagna di stampa contro le «teste calde» e quello sciopero definito «selvaggio»: lo so, l'è staa ona cialàda, un colpo di testa da lingéra. Ma, caro 'l mè Dante, sérom inscí stracch, inscí rabbiôs... E le denunce della magistratura son fioccate subito, poi il licenziamento in tronco. Alla malora la fabbrica che ti tratta come un oggetto, anzi peggio, peggio delle macchine che tutti lavano, ungono, riforniscono religiosamente. Alla malora i partiti, i padroni, i preti, sta vida putànna. Varda, se fossi solo un po' püssee giòvin, ghe daría ona pesciaa a Milán e andaría su una di quelle isole lontane a sciuscià il cocco per tütt'el dí. Eh, car i mè gent, se fosse possibile viaggiare con un abracadabra di bacchetta magica fino al paese di Utopia. Se solo l'avesse pensato prima, neh. Cosa ci aveva nel cervello a desdòtt anni da andà a lavorare in fabbrica? Avessero detto al Calandra che doveva finire a fare l'ambulante girometta del mercato, ziobôn, il fitto da pagare, la bolletta del gas e della luce, il tram che l'è rincarato, e le gomme della bicicletta, e i pantaloni lisi, i quaderni per quello che va a scuola, e anca il mangiare, ché sti fiolítt diventan grandi e si sbafferebbero pure Caifa; e il lavandino guasto, e le stringhe di ricambio, il sapone per il bucato, l'arrotino per i coltelli, con tutte le concatenate e subordinate circostanze... se glielo avessero contato a quel tempo, si sarebbe pissaa in di culzôn dal ridere.

Il Dante lo ascolta e sospira. Certi momenti, mentre assiste agli sfoghi rabbiosi del Calandra, gli pare di rivivere l'atmosfera del primo dopoguerra, con i soldatini licenziati dall'autorità militare, che si ritrovavano disorientati sul marciapiedi, magari su un triciclo da mutilato, o nel migliore dei casi senza lavoro, a fumare sigarette e a carezzare il revolver nella tasca di sicurezza. Anche il Dante avrebbe forse ceduto a quella stessa rabbia,

me ne frego,
non so se ben mi spiego,

se sozío Armindo non lo avesse chiamato in Mérica nel '23.

La rientranza di un portone. Due gradini. Sedersi al riparo, che sollievo. Masticando il tempo e il catarro. Tirando su per il naso il moccio che cola, sbattendo le palpebre. Aggrappandosi a due mani all'ombrello, quasi fosse un bastone, per non cadere nei ricordi. Poi, poco a poco, lasciando che i pensieri camminino verso la casa – qui vicino – dove ha trascorso l'infanzia. Ché se il Dante vede il mondo e la vita di quando era un piscinòla, è cosí: prima di tutto una camera in penombra con il comò nero su cui sono posate le fotografie dei porimorti, la specchiera dove la sua immagine pareva cosí estranea e remota da dargli il capogiro, il pavimento a rombi rossi e blu, il letto alto e austero dove da bambino si infilava con il «prete», lo scaldino riempito di tizzi caldi, e terminate le preghiere stava in silenzio, abbracciandosi stretto. Poi viene la cucina – caldo di stufa e brillare di ramine alle pareti – dove la vecchia Marién, col fazzoletto avvoltolato sulle trecce grigie, affonda i pugni nella nuvola bianca della pasta. Oppure la cantina dove, quando lui faceva i capricci, la zia Netta lo chiudeva minacciando:

Adesso verranno i ratti a rosgnarti il naso!

e lui, rannicchiato dietro la porta ascoltava i passi di lei slontanarsi e chiudeva gli occhi per non sentire il buio crescere.

Il mondo della sua prima infanzia è tutto qui, in questi tre ricordi. E, se proprio vuole slargarsi, ci stanno le vie qui intorno, che a volte gli parevano tutta polvere, ma quando pioveva le buche si trasformavano in laghi, in fondo ai quali dormiva sempre un volto... Chiaro che sta pensando al principio della sua vita: la prima pagina, se la vita fosse un libro. Potrebbe anche darsi che ci fosse dell'altro, ma del brefotrofio e dell'abbandono non può ricordare nulla anche se chi non muore nella cuna ne prova piú d'una. Basta, i pensieri oggi gli si ingrugniscono nella mente.

La gente gli passa davanti in fretta, indaffarata, senza

lanciargli neppure uno sguardo. È la solitudine piena che garantisce la strada, molto piú di una stanza chiusa. Uno qui potrebbe crepare e nessuno muoverebbe un dito.

La Morte esce dall'ombra per chiedergli sottovoce:
M'hai chiamato?
Il Dante scuote la testa, facendo segno di no.
La Morte ha un ghignetto:
See. Dicon tutti cosí, quando compaio.
Il Dante ribatte prontamente:
Inutile, la mè Morte, che tu faccia finta di aver le chiavi dell'alleluja. Mi fai mica paura. Ti conosco bene, ti sento quasi ogni giorno: nei dolori che mi tenagliano le gambe sémper pü de spèss, ché per la maggior parte delle volte son obligaa a poggiàmm al muro, a sentàmm in d'on basèll per ritrovà 'l fiaa. Ci ho fatto l'abitudine da quella prima volta che ci siamo incontrati. Te se rigòrdet? Ai tempi della guerra del Desdòtt. Poi ci siamo rivisti al sanatorio; e nel bombardamento di Gorla; e quando son finii chichinscí per la strada.

Certo che, per esser uno che non ha piú niente, gnanca 'l sò nom, sei uno che ti scaldi. Masasía, ti stai sconfondendo: il nostro primo incontro è stato sui gradini della chiesa de San Simpliciano, una notte d'inverno di settant'anni fa. E te séret inscí piscinín, un testolino cosí ciribicòccolo, che t'ho lassaa lí.

Andabén son staa iscritt in del líber de la vita per caso, per la tôa distraziôn...

Alla riversa. Gnanca per insògn. Semplicemente mi son detta che, per portarti via, di notti gelate ne avrei trovate altre. Sono paziente, io. Non ci ho pressa.

E allora sciò: taja e molla, non è ora di tirarmi il gambino, è mica notte. Fœura dai ball!

Il Dante si stringe il bavero della giacca con un brivido. Sto sfrizzolino diaccio dell'òstrega: non un freddo d'ossa, ma del cervello... Incassa la testa nelle spalle e si calca sulla testa il cappello, quasi per nascondere i capelli bianchi.

Ha smesso di nevicare. Di nuovo in cammino. Passin passetto, con l'anca legnosa per i reumi. Sputando i polmoni in colpi di tosse. Su un muro un cartello: «Ordinanza del sindaco sulla spalatura della neve». Malarbetto tempaccio, quante cicche perse in questa pancecca... Ma cosa aspettano gli stradini a spantegare il sale o a scopar via sta neve? Lazzaroni! Fanigottoni! Pacciugamestee! Balabontèmp! Varda là uno spalatore municipale che ciciàra sull'angolo, ogni dieci minuti un colpettino di ramazza, svelto come un gatto di marmo. Nessuno ci ha piú voglia di lavorare. L'Italia l'è malada. Zum zam, ci vorrebbe una bella ramazza in mano a chi so io, zum zam, fuori! spazzar via tutto... Fissa attentamente il marciapiede; non tanto per cercarvi le cicche – inutilizzabili con questo fangoneve – ma per la paura di scarpusciare, ché si fa presto a fare pataslònf. D'un tratto il miracolo: sotto un portone, al riparo dalla neve, un bel mozzicone lungo come una bella signorina. Il Dante è lesto a tirar fuori dalla tasca il chiodo e agganciarlo sulla punta dell'ombrello. Si guarda intorno con circospezione. Nessuno. Veloce, infilza la cicca stando bene attento a non trapassare il cilindretto da parte a parte, il che renderebbe impossibile l'immediata degustazione. Perfetto. Se la infila in bocca e si rimette a camminare. La vie en rose... Passa una ragazza fumando: una vera ochetta col pieno, il rossetto vivido alle labbra, l'aria saltellante che danno i tacchi troppo alti.

Signorinetta amabile, la mi darebbe da accendere?

Ma lei scarta di lato, con uno sguardo da eccelsa Teodora, e scantona in fretta. Il Dante impreca, perché si sente considerato come se venisse da un altro pianeta: ma varda tí sta spuzzetta che si crede chissà cosa, quasi che la bellezza sia un merito anziché la robba la püssee ingiusta del mondo, visto che la si eredita come i danee... Ma anche tu invecchierai, cara la mia gallinella dora:

Or tu chi se', che vuo' sedere a scranna,
per giudicar di lungi mille miglia
con la veduta corta d'una spanna?

Ché, ohé smanfrinella, se credi che io sia nato rugoso dall'a alla zeta, pronto per andà a la Baggina a ferrare i conigli, be' ti sbagli di grosso. Se son cosí come mi vedi l'è colpa del malpianeta, della cattiva sorte resgiôra dei beni mondani: l'è lei quella che mena el cazzü,

che anca se un poèr crist l'è minga persuàs,
può far nient'altro che dagh de nas.

Che pena diventar vecchi: dove stringe la scarpa lo sa solo chi l'ha in piede...

Passa un grandiglione magro, ma pure lui svicola via.

Ma cosa te crédet anca tí, grand-e-ciôlla che sei, che ci ho la rogna lazzarina?

Finalmente un uomo si ferma, porge l'accendino. L'estasi della prima boccata, quasi una vertigine; come quando al mattino, svegliandosi, il Dante si scopre con la sensazione di aver compiuto settant'anni in un attimo: quasi non fosse esistito nulla tra il bambino di un tempo e il vecchio balòtta attuale:

Lunedí gh'è nassuu 'l bambín,
martedí gh'hann faa 'l socchín,
mercoldí l'è staa in pee,
giovedí l'ha tòlt miee,
venerdí 'l s'è maraa,
sàbat l'è mòrt,
domenica gh'hann faa 'l còrp.

Basta un soffio e già noi strafusàri semm chí al tandèmm, con l'olio santo in saccòggia e la nostra bella fotografia di porcellana da metter sulla tomba: ché siamo qui provvisori e vèmm de là fiss. Amen.

Allegro

Un debole raggio di sole dà al Dante un respiro di spontaneo sollievo. Guarda boccaperta un gruppetto di zingarelle scollacciate che gli lanciano una manciata di coriandoli. Fallaci e perfidiose.

O tosànn, stee sü de coo
ché de òmen ghe n'è ancamò!
Ghe n'è rivaa 'na barca piena,
on quattrín a la donzèna.
El püssee bèll che gh'eva dént
l'è on vegètt con senza i dénc.

Il Dante imbocca la via dove ha abitato dopo la fine dell'ultima guerra, quando ancora non poteva immaginare che un giorno sarebbe diventato un lingéra.

Piantato di vedetta sull'androne di sua competenza, lo saluta il «pader Ghiringhèll», un portinaio che conosce da una ventina d'anni. Uno che sbandiera spesso i suoi doveri di custode dei sacri palazzi, che sa tutto di tutti, come se non solo i muri ma anche gli armadi e i cifoni chiusi a chiave fossero trasparenti per i suoi occhi lungimiranti; però – nonostante i portinai facciano tutti parte dello stato maggiore della pubblica maldicenza – il Ghiringhelli non è cattivo, anzi in genere tiene da parte qualcosa – un arancio, un toscanello, due biscotti secchi – per il «sciôr Colombo», ché cosí ancora chiama il Dante ricordando il passato. Sempre pronto a sbottonarsi, a fare la betòniga, perfino a sfogarsi. Quella certa inquilina, presempio, non tocca a chi sta in portineria sapere cosa fa o disfa. Va ben che dov'è la padella lustra ci sarà anche il vôncio, ma non c'è l'obbligo di spiare, neh. Gli altri si lamentano per il va e vieni, che sto palazzo è un porto di mare. Però, dico io, un portinaio può mica fare 'l sgonfiamènus e indagà su un'inquilina. Ha capito di chi sto parlando, no?... quella tal signorina del quarto piano, mica posso domandarle chi l'è il signore che l'accompagna. Dico bene, sciôr Colombo? Lei al sa ben che conti minga ona fandonia. Un locatario è libero di andare innanz indree, come gli pare e con chi vuole. Ci mancherebbe che per queste inezie lui facesse la guardia al portone anca di notte. Un portinaio è mica d'acciaio, ci ha di bisogno di fare i suoi bei sonni, ne va della sua salute. E, che la gente sbatta lo sportello, lui neanche se ne accorge.

In quel mentre l'ascensore arriva con un gemito di gatta in amore e passa la signorina in questione: bionda ossigenata e cotonata, minigonna sulle gambe a stecco, una faccia che è solo ossa coperte da cipria.

Ahimè, où sont les neiges d'antan? Non ci son piú le Manon Lescaut e le Margherite Gautier d'una volta. Guardi, 'l mè Ghiringhèll, a me son sempre piaciute le donne in carne, i bei tòcch de gnocca, e le migliori le ho incontrate quand'ero in Argentina. A Rosario, il centro di tutti i bordelli di quel paese là. Paradosso del nome che evoca preghiere e vergini immacolate che schiacciano col piede il serpente del male. Pichincha si chiamava il quartiere dove imperava il negozio della passerina e le assicuro che figurava nelle guide di turismo scritte in Europa e negli Stati Uniti: ne ho avute tra le mani parecchie al tempo che facevo il librivendolo antiquario. Era il centro di divertimenti piú famoso di tutto il Sudamerica, tra la Grande Guerra e il Trenta. Per forza: il settanta per cento della gente che ci abitava eran maschi e allora gli igienisti si inventarono che per soddisfare gli appetiti, al fine di evitare il peggio, si dovevano impiantare bordelli. Prostitución reglamendada, la chiamavano. Ché chi aveva soldi comprava sei sette donne e apriva quilombos nella zona della stazione di Sunchales: la gente arrivava, scendeva dal treno e subito si ficcava dentro al puterío a godersi la marfísa. Per tutti i gusti e per tutti i portafogli: dai piú a buon mercato a quelli di gran lusso, come il locale della famosa Madame Sapho... Una volta ci venne pure un principe di Savoia. L'inverno del '24, un freddo de la madosca. La stazione l'avevano parata a festa, tutta imbandierata, lustrata come se fosse inglese, ché per dare un po' di colore alle polpette, basta poco. Lui scende dal treno e si profonde in inchini davanti a quella folla di signorine tirate a lucido che gli battono le mani e gli lanciano baci. Tutte puttane, naturalmente, una farsa montata per omaggiare il Savoiardo. Che alla fine, comunque, non era mica vero quello che si cantava:

Cavalleria, arma elegante,
non va al casino,
ché ci ha l'amante.

Tòffela bœus! Ché il Savoiardo, atterrando giú dal sublime, per dieci ore sparisce nelle stanze di Madame Sapho che lo benignò di particolari piaceri, se lei, 'l mè Giringhèll, intende il bergamo... Le assicuro che ce n'erano di tutte le nazionalità: polacchine, italiane, ma soprattutto francesi. Perlomeno i nomi eran francesi: Odette, Renée, Louise, Sophie, Lilí, Ninòn. Ma tutte pienotte di forme, ché a quei tempi là agli uomini ci piaceva la polpa... Perché sono tornato in Italia? Non lo so neanch'io. Ci son domande a cui ancora alla mia bell'età so mica rispondere. Mi sono inimicato con mezío Armindo. Dei conoscenti han cercato di sanare, ma io non mi fidavo piú: l'òmm al gh'ha i denti de can, se 'l morde nò incœu, morderà domán. Era il '28 quando sono arrivato in Italia in precipite fuga. Andato da salame e tornato da cotechino. Ché se c'è chi dalla Mérica ha avanzato tanti soldi, io ho avanzato solo il culo per far da candeliere. Perché sono della razza degli ochi, barbasgianni, cappôn, quajòtt, gasgiòtt, loròcch, merli e cucú.

Uno slargo invaso dalle maschere. Petardi, risate schiamazzone, acconciature strambe sui paltò sporchi di coriandoli. Un altoparlante canta:

Cos'è la vita-a-a
senza l'amore-e-e?

La grassa Tettôn – una vecchia barbona che il Dante ha visto spesso girulare dalle parti di Brera – batte le mani a un gruppo di diavolesse che hanno improvvisato un piccolo sabba di stríe, poi si mette a ballare pure lei, ondeggiando la lunga sottana rappezzata, con una voglia di riso frenetico. Che maniera de balascià: al Dante che la contempla mentre pesta i piedi sul selciato dà l'impressione della danza funebre di una vecchia elefanta. D'improvviso, strozzandosi in un grido rauco, la Tettôn stramazza: il corpo si torce in convulsioni, staccandosi da terra per subito dopo ripiombarci. Le smorfie, gli occhi che roteano, la spuma giallastra che le sbava dalla bocca, le fanno subito il vuoto attorno. Le maschere si dileguano. Resta solo il Dante a guardarla placarsi e ad aiutarla a mettersi a sedere.

Gli viene in mente un carnevale di quando era piccolo. L'avevano vestito da Pierrottino, disegnandogli un neo sul mento e una lacrima sotto l'occhio sinistro. Lo portarono a casa di parenti presso i quali viveva una prozia matusalemmica come il cucco: un mucchietto d'ossa drammatiche su cui dondolava un piccolo teschio dal sorriso vacuo. E lui, che ne aveva tanto sentito parlare, perché tutti dicevano che avendo cent'anni poteva morire da un momento all'altro, ne era piuttosto spaventato. Come si chiamava? Zia Giovanna. Ché quasi tutte le donne del ramo materno della sua famiglia adottiva per fedeltà tribale si chiamavano Giovanna; e per riconoscerle le si classificava come Gioanina, Nina, Giannetta, Netta, Gioàna Grande,

Gioàna Piscinina, Giovanna dello zio Franco, Giovanna quella di piazza Vetra... La prozia in questione era la Gioàna l'Avocàtta, perché somarí aveva lavorato come scrivano in tribunale... Ricorda quel pomeriggio lontano di carnevale: la vecchiarda che guardava nel vuoto, semiestatica, e lui teso, stregato da quel teschio che biascicava parole come fruscíi; sforzandosi di stare seduto compostamente, dopo essere stato redarguito per aver cercato di allungare una manina verso uno scrittoio su cui troneggiavano il calamaio e le penne rese sacre dall'appartenenza al pòer avocàtt; una di quelle stanze di una rigidità mortuaria, come quelle salette di museo dove una catenella tesa e un cartello isolano dai visitatori un mobile particolarmente pregevole... Forse per compensarlo di essersi sciroppato la noia di quel pomeriggio di veti e di conversàri da salotto gozzaniano, sopà Mili lo portò poi a vedere il Ballo Excelsior alla Scala; sopà, se lo ricorda ancora, sotto la giacca aveva un gilet bianco coi bottoni di madreperla... Lo spettacolo lo estasiò: una fantasmagoria di marionette a raccontare la storia del mondo, dalla mazza di pietra del cavernicolo fino al trionfo dell'elettricità. Con il motivetto del cancàn che era subito diventato famosissimo, tanto che la gente gli aveva improvvisato un testo che era sulla bocca di tutti. E la vecchia Marién dalla cucina ci tirava locchi a furia di cantare:

Che me ne importa a me se non son bella,
io ci ho l'amante mio che fa il pittore,
lui mi pitturerà come 'na stella
e tutti mi diranno: Come sei bella!
Larallallà larà lallallallà.

Il Dante, a questo ricordo di fantasmi solo a lui visibili, sorride tra sé. Gli viene alla mente il Pinella del Ciod, calzolaio di via Pontaccio, che tra un tacco e una suola è sempre stato una miniera di tutte le vicende milanesi passate e presenti: soleva contare che la storia del pittore e della sua morosa brutta l'era un fatto degli anta-millanta, ma vero e sacrosanto. Con una tal Peppa Tencia che era l'amante del famoso Caravaggio. Cosicché il Dante bambino, ricalcando la filastrocca celeberrima:

la crappa pelada la fa i turtèj,
ghe na dà minga ai sò fradèj,

si figurava che quella tal Peppa perdesse i capelli e il Caravaggio, per consolarla, la dipingesse come una Maddalena dalle lunghe chiome, dimodocché lei per ringraziarlo gli preparava i tortelli; e i fratelli della Peppa, che contrastavano la sua relazione con l'artista, che oltre a essere un pittôr l'era anche un diavolo a quattro e 'ssassín de strada, restavano a bocca asciutta.

Memorie che il Dante si amministra da solo, col gusto di chi fa un solitario: rose ormai mondate dalle spine di quando ricordi non erano ma realtà. De bono senectutis: quel tal Cicerone 'l gh'avéa resôn.

I sò fradèj hann faa la lacciada,
ghe ne dann minga a la crappa pelada.

Lacciada? Che fame che gli è venuta. Davanti alla vetrina di un caffè, il Dante con un pugno si batte lo stomaco che piange miseria. Forse, se camminasse di meno, non sentirebbe cosí forte la fame.

Nella nebbia serale che piano piano cala, Milano si sta illuminando di pubblicità. La città della superbia: slogan che corrono a grandi lettere sulle lampadine, subito incalzati da altri messaggi luminosi. Al Cordusio, una grata del marciapiedi da cui sale il fiotto caldo dell'aria della metropolitana. Sensazione di benessere, voglia di abbandonarsi qui per terra. Un giornale sgualcito in un cestino della spazzatura: un titolo a grossi caratteri che parla dell'uomo primitivo della val Camonica; un articolo in fondo alla pagina sul licenziamento di quattro sindacalisti all'Alfa. Cara la mè Mediolanum, se te credévet che il problema del pitecantropo lombardo fosse, se non risolto, almeno superato, ti sei sbagliata alla granda: siamo in piena febbre preistorica, tanto piú che dilongarsi a sbragià sugli uomini delle caverne l'è un'ottima soluziôn per tagliar le notizie sugli uomini delle fabbriche. Che mônd de pissa de camèll... Il Dante si infila il giornale sotto la giacca: in fin della fiera la carta dei quotidiani mantiene al caldo lo stomaco.

Un baracchino della lotteria, col cieco regolamentare. La fioraia. Oroscopo di felicità per chi compra un mazzetto di violette. Un palo a cui hanno appiccicato la fotografia di quel ragazzo cecoslovacco che si è dato fuoco, vacca boja, un paio di settimane fa in una piazza di Praga. La scritta murale: BAKUNIN, STIAMO ARRIVANDO! E piú in là: GRUPPI ARISTOCRAZIA ARIANA. CONTRO LA BORGHESIA DEMOPLUTOCRATICA. Demo-pluto-cratica?... Il manifesto pubblicitario di una saponetta:

Con la sua persistente fragranza parigina
vi offre la carezza della schiuma di lanolina...

Ma va' dà via i ciapp, puresín che fa frinfrín col ghitarrín.

I frutti proibiti di una rosticceria per ricchi epuloni: eldoradi gastronomici con vaschette di trota salmonata in salsa verde, canestrini di mascherpa, giamboni inghirlandati di carta d'argento; una forma tagliata di gorgonzola grasso, con la goccia concupiscibile; risottini al tartufo, ovetti di quaglia in gelatina, sleppe di rosbiffe, vini dai nomi francesi... L'edicola coi giornali della sera. Monetine che saltano sul piattino. Il Dante digrigna i denti, inghiotte saliva; lo stomaco sussulta, le busecche ringhiano, il verme solitario si dimena. A quest'ora Milano non sembra piú al Dante la sua città: appartiene alle signore pellicciate che si intravedono al di là di questi vetri, ai loro cagnoli in cappottino scozzese.

Il finestrone illuminato di un palazzo e la neve che volteggia gli fanno tornare in mente la sera in cui lo condannarono: l'aula immensa e fredda, sul soffitto altissimo un globo polveroso la cui luce sembrava arrestarsi a mezz'aria, il suono del campanello, la voce salivosa del giudice che sdottoreggiava la sua resôn del tècch.

Chi cerca trœuva, chi vœur trovà se mœuva. E infatti, due passi piú in là, ecco il miracolo di cento lire per terra. Salvifiche come la manna caduta dal cielo. Subito un bar per riconfortarsi giovevolmente con un biccerín ragionativo. Peccato essere in centro: tutti posti chic, cari come un occhio della testa. Ma per una volta s'cioppi l'avaríssia, tanto piú che siamo in piena settimana grassa. Ché nel calendario liturgico della diocesi di Milano l'ultimo giorno di carnevale non è il martedí dopo quinquagesima, neppur per sogno, è il sabato che gli succede. Quattro giorni in piú di festa e di cazzœura: cosí volle lo zelante vescovo Ambrogio per contentare la collettività dei salsamentari meneghini. E oggi l'è solo martedí.

Il Dante spinge la porta a vetri ed entra in un locale violentemente rischiarato dal neon: adesso va di moda quest'illuminazione sottile e cruda, sti tubi che sono a quanto pare pieni di un gas raro che fa lagrimare gli occhi... Al banco la gente si ritrae, schifiltosa.

Ragazzo, vino rosso in un bicchiere di birra, prego! Come, non si può? Fàmm nò girà 'l bulín del rèff: io ci ho qui da pagare. Li senti i dindi qui in tasca? Ché gh'è due robe che scòrlan: i coglioni dei cani e i danee dei borghigiani, dicevano ai mè tempi, quando all'osteria uno entrava e scuoteva le sacògge per far sentire a tutti che ci aveva le palanche. Bon. Cin cin fin a la trüppa. Ah, come va giú bene a sorsellini, come carezza il cuore: il vino rosso è galantuomo.

Contempla quel che accade alle sue spalle sulla parete a specchio che ha di fronte: i clienti abituali si sono tirati un po' indietro, imbarazzati, e la cosa lo diverte: i piattini con le patatine dell'ora dell'aperitivo sono tutti per lui. Ci allunga le mani, spilluzzica, gli occhi brillanti di malizia, si sente un po' come il topo di campagna capitato in una dispensa ben fornita. Una patatina tira l'altra: i piattini sono vuoti dopo qualche minuto di spigolatura scrupolosa: bôn comè. L'allegria gli mette addosso una gran voglia di ciciarare. E racconta che, quando verrà la bella stagione, lui non ha intenzione di restare al chiuso nel dormitorio di Bande Nere; perciò ha fatto lunghe ore di coda certificatizia per presentare a tempo domanda di residenza sotto un ponte dell'alzaia. Ma al Comune ridono, municipio e governo sono una massa di ladroni, se gli domandi qualcosa, te pòdet taccà sü de lavà giò. C'è presempio un impiegato, 'na faccia da mardochéo, frègg 'me un biss, che mi dice sempre:

Torni la settimana prossima, vedremo...
insomma al fa la prœuva de l'omètt. Non sai cosa l'è la prœuva de l'omètt? Ma che razza di milanese sei? Succede al sarto, quando un cliente non è soddisfatto da un abito, adducendo un difetto qui, un difetto là: allora il sarto lo prende indietro, assicurando che lo sistemerà subito, invece lo mette sull'omètt e dopo due giorni lo consegna tal quale... È che al Comune nessuno bada ai diritti di un barbone, ma solo a intascare i quibus. E io so soltanto questo: che la lepre, quando si è presa i pallini nel culo, cade almeno su qualcosa di peloso; invece noi, pòer bartôla... Altro che Milán col cœur in man! Ball! Qui bisogna comprare anche l'aria. Gente taccagnona, cacastecchi, ghe vén via nò gnanca la pèll di piœucc. E a me cosa resta? Niente. Una salus victis nullam sperare salutem. Cosa ridi tu? È latino, il buon Virgilio. Ma cosa sto qui a spiegare a te, 'gnorantôn, che avrai fatto sí e no la terza in treno...

Fuori è un sabato notte di aria turbigliona. Tira molla e messèda, i pensieri si sono ingroppiti di nuovo. Con l'anima a sbréndoli e le scarpe stracche, il Dante riprende la strada. Ebbene sí, camminare, per disfarsi di questa città egoista che volge le spalle a chi non le sta al passo.

Questa notte in cui l'orsa sciusciàda dai sò orsacchini se ne sta al calduccio nella sôa tana e anca il lupo tiene all'asciutto la sôa pellascia, il Dante 'l côrr a testa scovèrta e 'l vôsa 'l vôsa 'l vôsa. Povero Lear nella landa di Milano.

Avanza battendo sul marciapiedi colpi secchi di ombrello, non si capisce se per rabbia o semplicemente per non sbandare. Ma ecco il dormitorio, la fila dell'ingresso. Un gobbo col berretto da militare si pulisce i denti con un'unghia nera. Un magrolino rumina lentamente una boccata di catarro prima di sputarlo. Una voce domanda:

E tu da dove vieni?

Qualcuno risponde:

Dal paese della Cuccagna.

Tutti ridono. Un tipo dalle palpebre bluastre e gli occhi infiammati spiega:

Sono uscito oggi dall'ospedale, maraa de cœur.

Finalmente il Dante entra nello spogliatoio:

Dessora a ona portascia che someja
a quella gran sgavasgia de dragon
che metten fœura al convitaa de preja,
gh'era scritt sti paròll cont el carbon:
Porta che menna all'eterna boreja,
al paes di rotteuri e di magon:
gent che passee no lusinghev on corna
de trovagh el calessi de ritorna...

Poi dentro, letto numero trentuno. I letti, che bell'invenziôn. Quel tal trusciôn che al filosofo Marsilio Ficino regalò un'ottomana perché da sdraiato contemplasse meglio la verità, l'aveva proprio capita giusta. Peccato però sti lenzuoli crudi di freddo. Il Dante si avvolge i piedi nei fogli del quotidiano che ha raccolto poco fa. Potersi ingrottare sotto una bella trapunta calda a leggere un buon libro... Al Dante par di risentire la voce della vecchia Marién che nelle sere gelide d'inverno, alla fine della cena, veniva a chiedere con voce amorosa:

Quaidún stasera al vœur el «pret» in lètt?

E il nonno Carlo, che l'era on giugatôn, rispondeva immancabilmente:

Di preti, cont el frègg ch'el fa, ghe ne voraríss un seminario intero!

Il vicino di letto è un pittore romeno di nome Petre, con cui al Dante è capitato di conversare di arte un paio di volte e che gli ha raccontato come in Romania artisti e scrittori vengano pagati secondo un tariffario fissato dallo stato: i poeti un tanto a verso, gli scultori secondo l'altezza e il numero dei personaggi del gruppo scultoreo; per i musicisti, l'opera lirica vale il doppio di una sinfonia; per i pittori, una natura morta vale la metà di un ritratto... E il povero Petre, essendogli stati trovati nello studio dei quadri astratti, è stato radiato dal Registro dei Pittori e chiamato davanti a un tribunale a confessare le sue deviazioni.

Dire te, Dante: cosa poteva fare io se non sparire, scappare da mio paese?

Eh, car 'l mè Petre, scolta quel ch'al dís il Matto, ché i matt indovinen sémper:

Non far vedere ai potenti tutto quel che hai. Non rivelare tutto quel che sai. Ché fare poesia è ascoltare finché il cuore al s'cioppa nò. Capito?

Uhm. E chi essere questo matto?

Mí. Tutti gli altri titoli li ho dati via; m'è rimasto quello con cui son nassuu.

Mancano solo, per dare l'ultimo segnale della quiete delle opere, il rumore del catenaccio sprangato dal custode e lo spegnimento della luce centrale, mentre si accende una lampadina rossa davanti al crocefisso in fondo allo stanzone. Una voce nel buio augura:

Alégher, fiœu.

Il Dante nasconde la testa sotto la dobbia del lenzuolo e sospira, ché nel buio vengono gli spettri delle vergogne subíte, il rosario dei ricordi crudeli che la miseria ti cuce addosso, la solitudine dei rimpianti.

E meno male che a un certo punto anche per i poerítt ma gnücch di tutto il mondo arriva la panacea del sonno; e nella memoria del Dante una voce di donna canta slontanando:

Ninna nanna bobò,
'l fiolín sta dént la cüna.
Ninna nanna bobò.

Primavera

Ecco i mee Sciori la Primavera. Consolevv o inamoraa che questa la ve darà manch fastidi a passeggià sú, e giò della cà di vost sgarzoritt, e per i straa pussee bei, e per l'aria pú dolza, e per el dí, che se noo l'è pú long della nocc, l'è almanch compagn. Vicc consolevv, ch'avii passaa ona gran borasca [...] Piangii Lotirœu perchè con pú se scurta la nocc se fà men sogn; per conseguenza on motivv men de giugà al lott.

CARLO PORTA, *El lava piatt del Meneghin ch'è mort.*

Allegro

La viacrucis dei poveri cristi ha parecchie stazioni, prima fra tutte la Centrale con le sue scale, gallerie, atri, balconate, mascheroni assiro-milanesi. È qui che il Dante si sveglia accapponato dai brividi. Le altissime volte della navata centrale già rimbombano di una voce sgraziata e nasale che annuncia i primi arrivi dei «treni del sonno» carichi di pendolari, e risuona come un grido incazzoso:

Muovetevi, pelandroni, ché di soli se ne son già alzati tre.

Il Dante si mette in piedi banfando. Una zaffata di odore di vomito di cui ieri sera, quando si è buttato a dormire sul cartone, non si era accorto… Il Pacciascigôll sputa sulla mano e, a mo' di pettine, si passa le dita tra i capelli per ravviarseli. Il Scisciatètt invece dorme ancora della grossa, deve aver fatto il pieno stanotte: russa cosí rumorosamente che perfino qualche viaggiatore – di quelli che, traversando in fretta il corridoio, normalmente fingono di non vedere i senzatetto sdraiati sul pavimento – getta un'occhiata a quel fagotto da cui spuntano due piedoni sporchi a malapena ricoperti da scalfarotti sforacchiati; qualcuno stanotte gli ha sgraffignato le scarpe… Ché qui a Barbonia City – come molti hanno ribattezzato la Centrale – la notte bisognerebbe sempre dormire con un occhio solo: ne girano tanti di ladri.

Sospirando, il Dante ripiega in quattro i cartoni che gli hanno offerto un precario riparo dal freddo notturno, li lega con uno spago che leva dalla tasca dei calzoni. Nasconde l'involto dietro una colonna di un corridoio che lui e gli altri barboni chiamano «el colombàri»; magari una di queste sere potrà riservire. Poi, con un gesto meccanico, spazzetta con il palmo le maniche della sua poragiacca in ansiosa attesa di palingenesi: ne cade un po' di polvere. Infine si calca il cappello sulla nuca e afferra l'ombrello sopra il quale ha dormito a scanso di manine grattarole.

Un giretto alla galleria dei treni. La spuzza di creolina lo guida a un usciolo semiaperto. Pubblico mingitorio. On còrp san 'l pissa come on can. Mentre si dà una scrollatina, gli torna in mente una barzelletta di quand'era ragazzo:

Un treno arriva in stazione. Un bambino e una bambina, fratello e sorella, sono seduti in uno scompartimento l'uno di fronte all'altra, dal lato in cui il finestrino permette di vedere il marciapiedi lungo il quale il treno si è fermato.

Il maschietto dice:

To', siamo a Donne!

La sorella ribatte:

Bamba, non vedi che siamo a Uomini!?

Barzellette che erano la specialità di una cugina che chiamavamo «la casta Susanna». Ma come facevamo a ridere par ona bambalada inscí? Certo che eravamo veramente dei matòcch di boccabuona.

Poi una lavatina. Che sollievo l'acqua fresca dopo il sudiciume della notte. Il Dante si accomoda la cravatta bisunta davanti allo specchio del bagno pubblico e tira fuori di tasca un pettinino un po' sdentato con cui dà una veloce passata alla barba. Allora sono a posto, presentabile al gran mondo?

Sul fà di donn che innanz d'andà in tiatter
consulten specc, sart, serva e perucchee
né se mœuven de cà fin che sti quatter
no han dezis de conzert ch'hin bej assee,
inscí anca mí par no ris'cià on scarpiatter
preghi el Poetta a squadramm de capp a pee

par dezid se da sgiunsg son assee franch
fina alla prima ventalina almanch...

Pronto per un giro tra i binari. A passi lenti fino all'ultimo, dove scintillano i fregi d'oro della Reale, sala d'attesa riservata alla famiglia del Savoiardo. Dietro i vetri si intravedono marmi gialli, verdi e rosati, passatoie rosse, poltrone ricoperte di velluto.

Il mattino ha la brioche in bocca: una ventata gli porta alle narici una fragranza di caffè e di cornetti caldi che lo fa quasi tremare; ché negli ultimi tempi l'olfatto è diventato per il Dante la percezione dominante e privilegiata, quasi il concentrato di tutta la sua sensualità d'antan. Si lascia cadere su una panca di cemento similmarmo, spossato dal languore della fame. Passano un capotreno e un bigliettaio, scuri in volto:

Ma varda tí se mi doveva capitare, proprio a me, la rogna di sto democristianone. L'ho cattato che si puliva le scarpe nella coperta di lana della cuccetta e, sacranôn, ho dovuto fargli la multa. Regolamento è regolamento, o no? E lui allora si mette a sbragiare che «lei non sa chi sono io!», che «io la faccio licenziare!»... Onorevole del menga!

Al Dante viene in mente quella volta – era durante la guerra? – che venne qui in stazione ad accompagnar sua figlia: la Milena partiva in treno per un soggiorno alla bell'aria organizzato dalla municipalità. Lui era rimasto sulla banchina a guardarla da sotto il finestrino, con in bocca un mucchio di raccomandazioni: fa' la brava, ce l'hai la bottiglia di gazzosa, le caramelle sono nella tasca del golfino, sta' attenta a non perdere il borsellino... D'imprevista una fanfara in testa al treno: passava un federalone in alta uniforme, il braccio teso nel saluto, tra un agitarsi di fazzoletti...

Con mani malferme il Dante estrae dalla tasca la prima cicca della giornata e se la porta alla bocca. Chiede del fuoco a un ferroviere – capelli biondicci a chierica, la bandierina rossa arrotolata sotto l'ascella – che si ferma e gli fa accendere. Una fumatina in santa pace; e se non passa qualche guardia severa, la si può passare liscia ancora per un po' su questa panca, come in terra di nessuno. Ché per la maggior parte dei vagabondi il problema è passare le ore di luce senza mettersi troppo in mostra, senza scandalizzare l'ipocrita decenza della gente comune. L'alternativa, in questa prima parte del mattino, potrebbe essere una chiesa, un banco in fondo, magari in una cappella un po' in ombra. Mica per zelo mistico, neh. Solo per il vantaggiuzzo di continuare a dormicchiare tranquilli ancora un'oretta. Ma al Dante ruga l'idea di dovere, in cambio del riparo, sopportare i belati dell'armonium e l'alito bigottesco delle donne Prassedi di turno, rabbiosamente in fregola contro l'inoccultabile sbadigliare dei barboni, quasi si trattasse di diavoloni in corna e pelo. Ché risente nell'orecchio la voce di quella baciapile di sua zia Netta, quando da bambino gli contava le storie dell'Antico Testamento. Un Natale gli aveva regalato, se la ricorda ancora, una Bibbia illustrata con la copertina di tela rossa: lui non sapeva ancora leggere, si limitava a guardarne le figure, mentre sozía narrava con voce ispirata:

C'era una volta un figliol prodigo, on strasôn che gh'aveva le mani sbusaa e l'ha pacciaa fœura tutta la sôa roba...

Era una storia che metteva in agitazione il Dante bambino: lo stupiva l'illustrazione in cui si vedevano due persone, entrambe vestite di un camicione lungo fino ai piedi, che si correvano incontro e si abbracciavano strette; e allora lui chiedeva insistentemente alla Netta se era proprio sicura che quelli fossero i due protagonisti della storia. Ché la sua perplessità nasceva dalle lunghe palandrane: per il padre era forse comprensibile perché magari stava dormendo, ma che il figlio viaggiasse per il mondo in camicione da notte non gli quadrava proprio. E alle assicurazioni di sozía che a quei tempi là ci si vestiva cosí anche di giorno, lui non restava del tutto convinto. E poi c'era l'altro interrogativo, ancora piú conturbante: ma la mamma dov'era? perché non era andata incontro al figliol prodigo che era stato via da casa per tanto tempo?... Però, nonostante il suo domandare, non era mai riuscito a sapere perché la mamma non comparisse nelle illustrazioni di quella storia.

La Netta tagliava corto:

Era in cucina a preparare il pranzo.

Però il Dante non ci aveva mai creduto: con una fitta al cuore sentiva, anzi era certo, che la madre non aveva mai perdonato al figlio di aver scelto la strada... E ci avevo ragione, la mè gent: chi dà le dimissioni dalla maniera di vivere comune, le balle che poi trova braccia verte e vitèll ingrassaa par gibilà tücc insèmma... Il Dante pensa con amarezza alle vicende dei barboni che conosce: gente come lo Snasato che, marchiato dalla galera, non l'ha voluto piú nessuno; oppure la Cagabiccér che, a settantacinque anni, borbotta tra sé e a volte perfino litiga con un invisibile genero cœur-de-tigre; il Bandera che, finito in ospedale a cercare di farsi disintossicare dall'alcol, al ritorno ha trovato sul pianerottolo la valigia con la sôa roba; il Lengualonga che non ci ha piú la testa dopo che la moglie e il figlio sono morti in un incidente d'auto. Disoccupazione, disaccordi coi parenti, abbandoni, disagio di vivere: sono tanti i motivi che buttano la gente per strada. La ruota del destino cigola, questione di un attimo – io non so ben ridir com'io v'entrai – e si diventa barboni, dopodiché non c'è possibilità di ritorno al mondo di prima. È come se tu fossi morto, pensa il Dante: uscito dalla storia, da tutte le storie; refrattario, naufrago per sempre, fuori dalla logica comune di chi truscia ancora per guadagnare, calcolare, spendere con avvedutezza, ammassare roba, voler primeggiare. Ché la vita normale, vista dalla strada, appare come una serie di illusioni.

Però forse non è solo questione che gli altri, quelli che hanno continuato senza scosse la loro vita di sempre, non sanno perdonare. Forse anche tu da un certo punto in poi non sei piú buono di tornare indree. Come se tu fossi passato attraverso uno specchio e finito in un mondo all'incontrario. Perlomeno per il Dante è stato cosí. Ché chi entra nell'oscura città di Barbonia si smarrisce: succede come agli emigrati che non son piú capaci di trovare la via di casa; oppure a quegli esploratori che non riescono a riacclimatarsi all'Europa, perché per decenni hanno assunto le usanze e perfino la lingua delle tribú selvagge a cui si sono assimilati.

E, se questa è la sorte, allora non resta che cercarsi un angolino in cui nascondersi – un giardinetto, una struttura abbandonata, un sotterraneo della stazione, la recinzione di un mercato coperto, il disotto di un camion posteggiato, una vecchia automobile abbandonata in un prato; insomma, una rattatòja qualsisía – e una maniera per arrangiarsi. C'è chi allunga la mano per mendicare, chi si mette in coda per ricevere un cazzü di zuppa e un paio di scarpe dai frati, chi fruga nei bidoni della spazzatura: a ciascuno il suo stile. Comunque, per la piú parte, i senzatetto durante il giorno circolano poco, li vedi scantonare con aria furtiva, la testa sbassata; in genere non si mettono in mostra, come se non amassero la luce: è la paura a farli rimanere rintanati nel proprio cantuccio. La paura mescolata alla vergogna: ecco l'elitropia che li rende invisibili. Il Dante sospira. Si rende conto di essere diverso: lui non ha ritegno a mostrarsi, non teme neppure il confronto o il battibecco con la gente normale. Ché a fargli mantenere la testa alta è la cultura di cui nella sua famiglia adottiva si è nutrito fin da piccolo: non si sente inferiore, semplicemente non ha nessuno a cui rendere conto; non ha mai chiesto l'elemosina, ma accetta quello che la gente gli offre in cambio di un calembour, di una storia ben raccontata o della recita di una poesia. Quasi che, a questo punto, per lui la vita consistesse semplicemente in un compensativo ricevere. Come, presempio, il bicchierino di caffè macchiato che un ferroviere – quello che poco fa gli ha acceso la sigaretta – è tornato a portargli; insieme a dusént franch. Il Dante, piacevolmente sorpreso, accenna un piccolo inchino di ringraziamento; la mano sul cuore. Non lo beve d'un fiato, ma a piccoli sorsi, godendoselo. Questo sí che è un buon inizio di giornata.

La stazione si va riempiendo di viaggiatori: i frettolosi, i distratti, i rumorosi, i brancolanti sonnolenti, i garruli in vena di saluti e sbaciucchiamenti, i consumatori di chewing-gum e di giornali. Sí, gent de la fadíga doverosa, che portate in giro da anni la vostra faccia spenta e murata, correte a sgobbà per la pagnotta. Arbeit macht frei... Basta. È ora di alzarsi dalla panchina. Prendere le scale mobili per scendere. Affacciarsi alla piazza.

Tira brutto tempo: ciel faa a pancòtt, piœuv el dí se 'l piœuv nò de nott. Goccioloni. Il Dante sbassa le ali del vecchio cappello; gli occhi brillanti e un sorrisetto di sfida all'inclemenza del cielo. Ché bisogna rimettere in moto la carretta. Però 'dasi 'dasi. Adelante, con juicio! a ombrello aperto, ché è un maggio molle, con un sole non ancora svezzato. Solo Talete Milesio, specialista in umidità, si troverebbe a suo agio in cotal giro di lune. Eppure quando il Dante era bambino, a quest'epoca già si sentiva il verso del cuculo:

Al cinque di maggio, il cucco ha il suo paraggio;
se il cucú non viene ai dieci, gli è perso per le siepi;
se il cucú non viene ai trenta,
l'è finii nella polenta.

Nella tasca le due monete da cento díndano che è un piacere. Una vera ricchezza. E se ne usasse una per un giretto in centro? Potrebbe fare un salto dal Parafina: è tanto che insieme non fanno una bella ciciarada con tutti i sentimenti.

Detto fatto. Biglietto, timbro, ghignetto ai controllori, scale mobili, banchina, treno che arriva rombando. Nel vagone si mette in un angolino in fondo. Buffo, gli altri voltano la testa dall'altra parte, fingono di non vederlo, quasi che un'occhiata valesse come una strusciata contaminante. Lui invece pianta gli occhi addosso alla gente: gli è sempre piaciuto osservare chi gli sta intorno e, da quando fa il barbone, è diventato il suo passatempo preferito, che lui chiama «farsi un film»: il lampo di un destino su cui fantasticare. Ché in ciascuno dei passeggeri – il cinquantenne corpulento con le maniche alla Menelík, cortissime ai polsi, e le cosce grasse strette nei jeans; l'impiegata con la ruga nella fronte cosí netta che pare una cicatrice; la studentessa che arriccia il nasino di topo sotto gli occhialini da saputella; il pensionato con le bretelle che gli tirano su i pantaloni a mezza schiena tanto da farlo sembrare appeso a un gancio; il ragazzetto foruncoloso che dà l'impressione di essere diventato grande solo da poche ore; i due barbudos con il loden che duettano di politica come se fossero in una bolla d'aria che li isola dagli altri – il Dante si diverte a individuare le smorfie che l'anima disegna sui visi, i gesti abituali che si fissano in tratti del corpo: gli sembra che rivelino indizi sul passato delle persone, le paure e i desideri che covano, un'infanzia non finita, i segni di una malattia. Guarda le facce illuminate dalle lampadine spettrali della sotterranea e gli pirlano per la testa biografie possibili. Ma la cosa che lo fascina maggiormente è il fatto che si tratta di sconosciuti che probabilmente non incontrerà mai piú per tutta la vita: visi che per lui nascono e muoiono nello stesso attimo... Mentreché loro, niente: gnanca mi guardano in faccia, le pupille fisse nel vuoto. Pelabròcch! Che 'l sapientíssen e parfònd cervèll de Quèll che sta dessôra ai tecc gli regali lo zufoletto!

Cambio di linea a Loreto. Un lungo corridoio. Varda chi c'è! il Dadà... Da un bel pezzo al Dante non capitava di incrociarlo. Cosa ci farà quaggiú? Ché il Dadà è alcolizzato e nano. Una specie di Ollio rimpicciolito da uno stregone o da un alchimista. Un viso grottesco che ispira repulsione la prima volta che lo si vede: la zucca di capelli corti un'unghia, il collo incassato tra le spalle come quello di uno scimpanzé; e poi un corpo a palla, le braccia sproporzionatamente lunghe, la camminata a ballonzoni su gambette da cane. Deve avere una quarantina d'anni, ma non sa parlare: dalla sua bocca escono soltanto dei balbettii, da-dà da-dà. Come sopravviva, non lo sa nessuno. Il Dante infatti non l'ha mai visto accostarsi agli altri barboni; probabilmente non ha mai conosciuto la donna; e se qualcuno gli si avvicina troppo, sembra ringhiare: diffida di tutti, quelli che lo prendono in giro per il suo aspetto da mostricino, quelli che gli offrono da bere per ubriacarlo e rubargli i pochi spiccioli che tien nascosti nelle mutande.

Mentre aspetta che le porte del nuovo treno si chiudano, ha il tempo di vedere il Dadà trotterellare lungo la banchina sull'infamia delle sue gambette gnome, accostarsi a una parete e cominciare a sfregarcisi contro, furiosamente, lanciando urla. Probabilmente è tormentato dai suoi inquilini, pidocchi e pulci, generazioni e generazioni che su di lui sono nate e si sono riprodotte. O forse, pensa il Dante, se ho capii nò Roma per toma, il Dadà sta cercando di reclamare alla parete indolente il calore che la vita gli ha negato da quando era uno spermatozoo difettoso non ancora concepito... Qualche passeggero si tira indietro schifato. Una sciôra, stizzosa 'me 'na passera biotta, la mètt giò on spuèll, tanto che accorrono due sorveglianti che si buttano sul Dadà. Perché nel teatrino della normalità, se qualcuno lancia un grido di disperazione, bisogna subito ripristinare l'ordine turbato.

La parola «addio» afferrata al volo, leggera 'me un buff, mentre sale le scale della metropolitana. Perché certe parole sono cosí speciali, cosí misteriosamente dense? Come amore, cenere, perdita, mai piú...

Al Cordusio la pioggia ha una consistenza che promette di durare tutto il dí, chissà fino a domani. Tram affollati, un rebelòtt di auto. Lo stridere di pneumatici sull'asfalto bagnato. Tombini intasati di tutto lo stronzame di Milano.

Verso il Castello, davanti a una libreria. Copertine di plastica colorata, autori stranieri, il banale che galoppa, quella parola «best seller» che adesso è di moda. O secolo ignorante e senza sale, consumatore di idee estere tanto piú gradite quanto piú i loro inventori portano nomi conditi di K, X, W, Y... Mai ha creduto, il Dante, ai geroglifici stranieri che van per la maggiore; mai stimato gli intellettuali che vœuren in d'on carr cercà cinq rœud e vèss veneraa come santi a ventiquattro carati. Dove son finiti gli autori di una volta, che non sdegnavano di conversare coi librai e coi lettori attenti? Dicono che un dí quel tal scrittore famoso vide un tizio comprare un suo libro in una stazione ferroviaria; allora lo rincorse fino al treno, lo raggiunse nello scompartimento e trafelato lo avvertí:

Guardi che a pagina 185 c'è un refuso tipografico. Me ne voglia umilmente scusare.

Dopodiché fece dietrofront e sparí...

Eggià, il Dante è cresciuto a pane e classici, tra volumi sfatti e polverosi. Gli anni passati nel mezzanino sopra la libreria antiquaria di via De Amicis sono stati i piú belli della sua vita. Insieme al suo collega Biraghi, gran certosino della lettura. Come rimpiange quelle sere trascorse girando in tondo attorno alla stufa, a parlar di bei libri... Ché il Dante si professa on clàssegh fin dent el mòll di oss. Fors'anche, pensa, sarò un ex librivendolo coglione e disgustato dalla vita, ma on cojôn clàssegh almànch.

È per questo che nella comunità dei barboni, dove nessuno conserva piú il nome di famiglia, come per cancellare ogni ricordo della vita precedente, e al suo posto assume o gli viene affibbiato un soprannome, lui ha scelto quello di Dante A. Lingéra. Lingéra, per la sua condizione di dimissionario del vivere normale. Dante A. – ci tiene a specificare l'A puntato –, per l'amore dovuto al classico per eccellenza; che oltretutto ebbe vita grama e conobbe il pane amaro del vagabondaggio.

Sanguanôn, con sta pioggia che l'è peggio di una caduta di dardi, l'ombrella ripara ben poco. Per fortuna c'è qui un bar tabacchi deserto; solo un giovanotto al bancone.

Ragazzo, un grappino par vông i barbís. Tranquillo, ché i soldi ce li ho qui mecomé.

Mentre il barista lo serve, il Dante scruta una decina di panini al salame impignati in piramide. Pan di Como, salàm de Milán e stècch de Biegràss... Ha una fame che si mangerebbe anca i pee de san Cristòffen, tanto piú che, prima di bere alcolici, sarebbe meglio pavimentare lo stomaco con qualcosa di solido, dimodocché non si ciappi la stoppa e non si schiuda per noi antetempo la zolla di Musocco. Ma purtroppo bisogna risparmiare il peculio... La mano gli trema, la grappa trabocca giú sul piattino, ché adesso bisognerà decidersi a leccare pure quello.

Sbircia la pagina di un giornale che il ragazzo tiene aperto sul banco: «Otto giorni dopo il matrimonio si dichiara stanca dello sposo, dando accesso all'amante nella casa coniugale».

Sangua da biss, un tempo le donne l'eran maestre a impastocchiare frottole e fare de Simôn e de Giüda, adesso invece l'adulterio lo sbandierano:

Caro, non ti amo piú: ciao, sta' in gamba, se vedarèmm in la valle de Giosafàt. Piffete puffete paffete.

Dicono che la nostra l'è l'era della sincerità. Svanito il mistero delle alcove segrete, dei convegni adulteri in case compiacenti, dei salti dalle finestre o delle lunghe ore a gelare sotto un letto o su un balconcino. Cribbio, adesso tutto si dice, tutto si mostra, tutto diventa liscio, anche le teste. Epperciò ecco bell'e sparite le corna di un tempo... Non sei d'accordo? Cosa te díset, tí? Che i delitti d'onore sono in crescita? Ma la s'cioppettada e 'l cortèll son fuori della regola tradizionale che vuole il cornuto dubbiôs della propria condizione che l'è quella, pure dinanzi alla flagranza, di ergersi nella sua figura di marito-pappatàs minotaurizzato dalla sofferenza frontale. Ché gli altri possono anca fà baccàn, dàghi dentro a scarpagòss, ma lui saldo: l'arma del cornuto l'è la pazienza. Come il curato di Zilavegna, chi ghe l'ha dénter se la tegna. Non serve strologarci sopra:

Femmina è cosa mobil per natura;
ond'io so ben ch'un amoroso stato
in cor di donna picciol tempo dura.

Te vœuret un parere de galantòmm? Quel che 'mazza la moglie e l'amante de lee, lo fa mica perché l'è cold e matt d'amore, ma semplicemente perché l'è un malato de nervi. Làssamel dí a mí che son un esperto di tutti i tipi di corna: fiorite, ramificate, a tortiglione, a zig-e-zag...

E starebbe lí seduto sullo sgabello di fronte al barista, a dar sfogo alla sôa ciciarina, come un Conte Zio col Provinciale dei Cappuccini, se non entrassero due barloggioni che storcono il naso quando l'adocchiano.

Ma l'è tard, Dante. T'hee deciduu de piantà i radís? Sta' qui nò a ciappà el còcch: l'è ora di levar le tende.

L'ossessione ambulatoria porta il Dante in una laterale. Sta pioggia dell'ostia, continua, lenta, insinuante: gli ha infradiciato le scarpe, nonostante la sosta nel bar. Te védet? Quand se nàss fortunaa, piœuv sul cü anca a vèss settaa... Deve assolutamente cercare un altro riparo. Ma dove? Per i naufraghi della vita tribolata, al mattino l'ideale sarebbe entrare in certi cinemini che aprono alle dieci. Ma ai barboni senza danee è vietato l'ingresso. Il Dante passa davanti a un locale di via Meravigli che stamattina programma un vecchio film muto, *Il gobbo di Notre-Dame*. Il viso di Lon Chaney che occhieggia dal manifesto gli dà un brivido: somiglia alla faccia mostruosa del Dadà.

Poco piú in là, la galleria della Borsa. Viva le palanche, la gente rasata col Remington e profumata di colonia, le scrivanie col dittafono accanto, il mondo metafisico dei miliardi... Anche qui sarebbe bello aspettare all'asciutto che spiova. Però c'è una guardia all'angolo. Mentalmente il Dante ripassa la lista dei luoghi in cui si può trovar riparo senza essere molestati. Qui vicino ce n'è uno. Uh, che bellèssa!... Traversa la strada e s'infila di pressa nel vicoletto deserto che porta alla chiesa degli Armeni. Vecchiume di case cadenti, mezzo diroccate; muri sbrecciati, finestre tappate con assi, aria umida che fuoriesce da feritoie di stanze buie e vuote, nelle quali il vento si perde con sinistri vortici e scricchiolii. È un rimasuglio della Milano della guerra, che pare dimenticato dalla speculazione edilizia che in questi ultimi anni ha cementificato tutte le aree vuote del centro. Un angolo furtivo, quasi fratello, almeno fin quando la crudeltà della storia non ripasserà di qui a terminare a colpi di piccone quanto aveva iniziato con le bombe... Di colpo il cattivo umore messogli addosso dalle scarpe inzuppate si va dissipando.

Sguincia un cantoncello formato da due pareti sbrecciate a cui sono accostate delle vecchie persiane a pezzi. Quasi non sembra un luogo reale ma una fata morgana creata dalla pioggia: fantasma di ombre su grigio, dai contorni imprecisi che sembrano tremare sotto il velo d'acqua.

Si siede sugli scalini di un portoncino abbandonato. Sporcizia e polvere, cacchette di topo, fiato di muffe e salnitri. Appoggia la schiena allo stipite. C'è rassegnazione nel paesaggio annacquato di questi ruderi convertiti in un calderone di fango. La pioggia pesante impregna perfidamente la terra, un'acqua di quelle che fanno pensare ai primi giorni della creazione, capace di far crescere perfino qui a Milano una foresta lussureggiante. O, al contrario, una pioggia punitiva, da diluvio universale, e piovve per quaranta dí e quaranta notti. Chiude gli occhi ascoltando l'acqua scrosciare sulle tegole, ingorgare i canaletti di gronda. Dormicchia.

Lo sveglia una risatina sommessa. Su uno degli scalini del portoncino sta seduto un ragazzino, on bagaièttt bruno smorto, coi riccetti scuri scarruffati che gli scendono sul collo alla moda capellona; corpo magro ingoffato in una tuta da ginnastica lisa, la cui lanugine fa palline. Fissa il Dante con occhi chiari e freddi; i denti scardinati nel sorriso sfacciato; tiene in mano un fiammifero acceso. Che voleva fargli sto stronzetto? Dargli fuoco?

Da quando tempo mi sta guardando, si chiede il Dante; e quanti anni può avere? Dodici tredici, non di piú; ha un'espressione discantaa. Potrebbe aver bigiato la scuola. No, piú probabilmente è scappato di casa: le scarpe di corda consumate e piú grandi di almeno un numero, come pure lo strato di sporcizia sulle mani e sul viso, lo suggeriscono. Il Dante ne conosce diversi di questi sbarbatelli che bazzicano la stazione centrale: alcuni per tirar sera si vendono per due soldi nei cessi pubblici. Piccoli animali smarriti che sembrano accanirsi a perdersi.

Cosa c'è, balín? Cosa fai in giro?

Silenzio.

Al Dante verrebbe da abbozzare un gesto di avvicinamento, ma si trattiene: il ragazzino sorride storto. Le onde dei capelli lunghi, cosí ariose che si ha l'impressione che la sua testa sia senza peso. Pare il Cupido malizioso di un dipinto antico.

Non ci ho nagòtta che ti possa dare, pornàni.

Forse frequenta le checche che si intanano nei cinemini del mattino per fare porcherie. Gli torna in mente la saletta cinematografica di via Meravigli: molti bavosi in impermeabile bianchiccio, corto al ginocchio, frequentano i suoi gabinetti in cerca di sesso a buon mercato; probabile che sto ragazzino sia uno degli habitué.

Ci vai spesso al cine?

L'altro gli risponde con un sí stimbrato.

A me capitava spesso, una volta. Mi piacevano le storie di gangster e mitra alla francesa. Oggi però non è giornata, neh. *Il gobbo di Notre-Dame* non dev'essere il tuo genere, o sbaglio? Muto, ché all'epoca in cui avevo suppergiú la tua età nelle sale ci stava soltanto un pianista che improvvisava della musica sull'aria delle canzonette piú in voga, per sottolineare i momenti piú importanti di una pellicola. Il ridere che se faséva. Roba d'altri tempi, certo, senza i ritmi mericani che van di moda al dí d'incœu. Eppure *Il gobbo di Notre-Dame* l'è una bella storia, sai, di quelle che ti prendono alla gola... Ti piacciono le storie?

L'altro si stringe nelle spalle e fa dondolare un piede da cui sfugge una delle sue scarpette di tela. Che caviglie sottili.

Il Dante ripensa a se stesso bambino, alla propria voglia insaziabile di sentir raccontare. Fin da molto piccolo, seduto a cavalcioni su una sedia nei pomeriggi d'estate, mentre intorno a lui le donne di casa rammendavano calze sull'uovo di legno; o in fondo alla cantina, quando sopà Mili cavava il vino – tra le aspre fragranze delle salamoie, cosí spesse che sembravano potersi affettare come salami – oppure di notte, sul balconcino del cortile interno, facendosi narrare dallo zio Virgilio, amico del primo astronomo di Brera, come erano nati i nomi delle costellazioni... La memoria si fa piú precisa, i dettagli escono dall'ombra: si rivede nel teporino della cucina, davanti alla stufa a legna che ronfa, mentre fuori vien buio. Quella benedetta stanza di credenzoni coi cassetti colmi di oggetti strani: gli stampi per biscotti, le rotelle dentate per i ravioli, le siringhe dei ripieni, i flani dei sufflè. Era il posto migliore per andare in èmmaus ascoltando le storie della vecchia Marién, che riguardavan tutte una Milano antica, pericolosa e crudele: non la città che lui conosceva, ma un luogo remotissimo e diviso nettamente tra ricchi che comandan e miserabili che menan la gamba, tra canaglie e bietoloni; e, per chi era debole e indifeso, l'unica arma era lo striozzo o addirittura la frode: ché l'è meglio vegní rosso prima che smorto dopo... La Marién preparava la pasta affondando ritmicamente i grossi pugni nell'ammasso che poco a poco, secondo l'andamento pauroso della storia che veniva raccontata, prendeva per il piccolo Dante l'aspetto di un molle cadavere bianco: la vecchia ne stirava con malgarbo le membra smollaa, gli torceva il capo e le estremità, lo sottoponeva all'annientamento definitivo della pressa: la ruota prendeva a girare e dalla bocca dentata fuoruscivano – animucce sbigottite – i lunghi nastri sottili dei tajarín che la Marién tagliava con un lungo coltello, per poi comporli allineati su un catafalco di assi.

È ascoltando la voce della vecchia Marién, artificiosamente sorretta da brevi raschietti, che ti sei figurato per la prima volta la storia del *Gobbo di Notre-Dame*? No, è stato sicuramente il nonno Carlo a parlarti di Quasimodo: ché le sue preferenze andavano da una parte agli aneddoti cittadini – l'ambiente del tabarin e dei caffè del genœucc; i milanesoni che si spellavano le mani per applaudire il «Guerra... guerra!» della *Norma* mentre gli austriaci battevano le sciabole sul parquet della Scala; i delitti della locanda Berrini – dall'altra alle storie dei grandi romanzi francesi, che amava contarti in versione neanche troppo edulcorata... Al Dante pare di rivedere la biblioteca di casa, il rito del sigaro acceso dopo averlo fatto crocchiare tra le dita, la voce del vecchio che riempie la stanza, con la suspence sapiente delle pause drammatiche, le occhiate furtive che accompagnavano certe frasi, determinati gesti per fissare lo scenario della vicenda e l'uso a effetto di certi suoni per punteggiare drammaticamente l'azione descritta: un toc toc sul bracciolo della sedia, un pernacchio, un fischio, un peto. Una miscela di smorfie e frasi saporose:

Allora, la storia comincia lontano lontano come il limbo. Un posto che piú miserello non ce n'è. Una strada di muri pisciati, case diroccate dove abitano cani randagi e poragente, lebbrosi e stròlighe dai denti marci; insomma, tutta l'erba matta della terra. Però ogni sera, com'è come non è, in quel posto lí, che si chiamava Corte dei Miracoli, i ciechi tornavano a vedere come linci, gli storpi ballavano il saltarello senza sforzo, le piaghe messe in mostra durante il giorno sparivano:

rogna rognella
ga casca la crostella,
rogna rognôn
ca casca giò 'l crostôn.

Che voce è questa che ti gorgoglia nelle orecchie, Dante? Come se qualcuno avesse aperto una porta chiusa, dietro la quale stava imprigionata da tempo. È il ricordo della cadenza strascicata di tonònn che mette in moto tutto un sistema di personaggi le cui leggi ti sono familiari; perché le favole, nella loro struttura, somigliano a certi paesaggi giocattolo di cui da bambino andavi matto, composti da cubetti di legno dipinti che disegnavano un ambiente se venivano collocati in un certo ordine.

La voce remota continua:

E proprio in uno di quei vicoletti stretti e bui, ecco che passa il cavaliere Febo,

tutturutú cavall,
cavaliere della bella spada
'l vén dal ball,

uno che spuzza sicurezza da tutti i pori. E all'angolo chi ti incontra? L'Esmeralda, 'na zingara bellissima che suonava l'organetto. Lo sai com'è fatto un organetto, vero?

È un cilindro di ferro punteggiato di chiodi; ché, a far girare la manovella, suona il ballabile.

Forse non è esattamente cosí che parlava tonònn. Del resto è avvenuto i millanta anni fa. I ricordi sono per forza approssimati. Scene slegate a mo' di volta-la-carta, sbavature, aloni incongrui, sovrapposizioni. Cos'è un ricordo? la realtà dei fatti o pura nostalgia, magari incrociata confusamente con la tua attitudine a fantasticare? Cosa ti è rimasto davvero di quella storia? L'immagine di Esmeralda che nel corso degli anni ha preso poco a poco le sembianze del corpo tuttocurve di Abbe Lane: con quei suoi vestiti a guaina, tutti ciucciati sui fianchi, una che faceva gonfiare il ciri-biri a tutti e, chissà come, ha finito per sposare quel tal botolo coi baffetti... Ma il momento che ti metteva davvero i brividi era quello in cui nella storia compariva il nano gobbo chiamato Quasimodo,

il vecchio pitocco
'l va col sò gozzo,
'l balla in camísa,
'l salta e scarlíga.

Brutto, il piú brutto degli uomini e degli animali brutti della terra e dell'acqua e dell'aria. Muto, impossibilitato a esprimere qualunque pensiero o sentimento. Un errore del Gran Barbôn, se esiste.

Ascoltavi la storia sgranando gli occhi; le mani inerti sulle ginocchia. Malgrado il tono favoloso con cui tonònn aveva cura di contare la scena, provavi una strana pressione alla bocca dello stomaco. Era un'irrefrenabile compassione, quando frustavano Quasimodo e lo mettevano alla gogna, e lui non poteva neppure urlare, dato che era muto: si limitava a roteare gli occhi, mentre gli altri usciti dalle loro case gli tiravano sassi, sbeffeggiandolo. Porabestia condannata all'abisso del silenzio.

Mariolino!

Una vocetta acuta come lo stridio di un uscio malchiuso che un moto d'aria sommuove sgradevolmente. Un trentenne con l'aria da spiritato; una figura che ricorda un pipistrello, perché si protegge la testa dall'acqua reggendo con le braccia levate le falde di una giacca scura: sta sull'angolo, guarda il ragazzetto seduto sui gradini vicino al Dante. Le labbra contratte, l'espressione convulsa:

Mariolino!

Il piccolo salta in piedi come una molla. Gli si avvicina, impacciato, guardingo. L'altro lo tira a sé con un gesto che pare rabbioso.

Chi sarà mai sto vermicione con la faccia da malmostôs? pensa il Dante. Un cliente abituale? Lo sfruttatore? Lo vede chinarsi sul ragazzino e mormorargli qualcosa all'orecchio, carezzargli un ciuffo di capelli che gli è caduto sulla fronte. Vorrebbe fare qualcosa, richiamare il ragazzetto, fargli domande, metterlo in guardia.

Il ricciolino cinge la vita al trentenne, quasi gli si aggrappa. Vanno via insieme. A un tratto però il ragazzo si volta di scatto verso il Dante, lo guarda beffardo, alza il pugno per mostrargli il medio in un gesto di offesa.

Sulle labbra del Dante si disegna una smorfia di amarezza prossima al sorriso. Dulsa la vita, neh.

Ha smesso di piovere. Tutto pare come lavato, odoroso. Su un muro una scritta in vernice rossa: VIVA LA GUERRA DI POPOLO, cancellata da un frego nero che dice: MAGGIORANZA SILENZIOSA. A NOI!

Il Dante infila per Foro Bonaparte. Davanti al palazzone della Montedison è ferma una signora similoro col suo cane che fa i bisogni. Due guardie di corsa ad allontanarla, ché è in arrivo un macchinone blu coi vetri fumé. E la sciôra subito si tira indietro rispettosa, con sollecita mansuetudine, ci manca solo – oh San Mattei - Eni... – che faccia la riverenza al Cefis, perché davanti ai potenti tutti son lesti agli scappucci, sbassando 'l coo – Favorisca! Servo di lei! Schiavo suo umilissimo! Sempre disposto! – anche quando di ossequi non c'è bisogno... La sapete la storia di quando l'imperatore Carlo V arrivò qui in città dopo aver fatto una partita di caccia al cervo in quella periferia di ogni cosa che era la profonda provincia dell'Alto Milanese? Proprio lui, col cappello ornato di perle, piume bianche e il simbolo del Tosone; montato su un cavallo nero con gualdrappa di velluto verde a frange d'oro riccio, ché a ogni padrôn de la melonéra è sempre piaciuto fa sentí la sôa padronanza. Ora cosa ti succede? quando arriva proprio qui col castello a un tiro di mano, a Carlo V gli si riscïano le busecche. Ché l'è minga vera che i nobiloni al massimo tiran fœura un petín che sa de giussumín. Pure a un potentissimo, per il quale «né anco quando annotta il Sol tramonta», può capitare delle volte che ghe vada la merda al cü. Varda de chí varda de là, vede che lí affianco ci sta un giardino recintato, chiamato del Guasto. In un santiàmen smonta da cavallo, in tre salti entra nel recinto e si sbraca per liberarsi dell'infesciadüra molla dei sò visceri. Con gran batteria di peti, ça va sans dire. Ma mentre era intento a sto scialo, arriva una vecchia barbisona che era ortolana proprio in quel tal giardino, cont in mano un gran bastone, e la gridava stizzosa:

Uhé tí, ciollandàri con quel facciôn da trumba! Sporcasciôn d'on sporcasciôn! Che Domineddío ta pilúcca! Che la raspa te la fricca! Va' a cagà in su 'na scésa d'ortígh!

E lui, a brache calate, la guarda sloffio coi suoi occhi cilestri e dalla sôa bocca di denti cariati tira fuori la voce che gli resta per replicarle:

Taci, vecchiaccia, ché io sono l'Imperiere dei due Mondi!...

E cosí fu che la donna, dopo un silenzio cosí lungo ma

cosí lungo che ci poteva nascere un frate, la si profuse in discolpe, anzi si prosternò:

Oh Signôr Sullustrissimo, càgami in coo, che la tôa merda l'è dora.

E, dopo cotale riverenza, gli offrí perfino il fazzoletto che aveva in testa perché si potesse pulire l'imperial culo. Cosí va il mondo. O perlomeno, per lealtà storiografica, mi corre l'obbligo di dire: cosí andava nel secolo XVI.

E gigín gigiòtta,
chi ghe l'ha,
la porta a cà.

Un cestino della spazzatura da cui spunta uno scartozzo bisunto con i resti di un trancio di pizza. La tentazione di slungare la mano per mettere nello stomaco qualcosa. All'improvviso però si blocca per la sensazione di sentirsi osservato. Un cane magro e spelacchiato, con la coda da topo, un orecchio strappato, l'occhio destro velato dalla cataratta, il sinistro umido di un luccicore implorativo. Un misto di cane e di monacello della Tebaide spiritualizzato da lunghi digiuni.

Come si sente squadrato, si ritrae. Scontrôs tame il lupo di Gubbio. Il Dante prende tra due dita il brandello di pizza e lo lancia alla bestia che sgagna il tutto in un amen – si intuisce il boccone fluitargli giò per il canalüzz fin nel fondo dell'anima – e sbassa 'l coo a cercare qualche briciola caduta per terra. Eh, caro mio, sciscia bubú a ègan!

Il traffico è fermo, bloccato da un corteo di scioperanti che avanza lentamente. Il trillo prolungato dei fischietti. Gli operai delle «mescole» della Pirelli, con la faccia tinta di nero, avanzano reggendo uno striscione rosso ondeggiante con la scritta: SIAMO TUTTI DELEGATI DI TUTTI. Tamburi. Il corteo occupa tutta la strada, ci sono anche ragazze in prima fila. Davanti al Dante sfilano gli slogan alti sopra le teste come in processione: RINNOVO CONTRATTO, LOTTA UNITARIA, BASTA COI SALARI DA FAME. Un pupazzo fatto di ritagli di lamiera montati insieme e saldati, rivestito da una tuta blu. Un cartello con l'immagine di un crumiro con la borsa piena d'erba, a significare il suo spirito coniglio; un altro su cui è disegnato un impiegato con la testa asinina dalla cui bocca esce un fumetto: «Io non sciopero perché mi piace il padrone»; un altro ancora che raffigura un pitale pieno di merda, che forse traduce in termini piú scatologici la famosa esclamazione di Amleto: «C'è del marcio nel regno di Danimarca», che saríss come dí che ghe 'l va ben nagòtt, che s'è passaa la misura, che il vaso troppo colmo deve traboccare. Alégher!

Cantano:

Con tutti i tram che gh'è
a l'operàri ghe toca andà a pee...

Il cane si è accodato al Dante che, quando se ne accorge, si volta verso la bestia un po' sorpreso:

Car el mè Can, se te cerchet de paccià, hai sbagliato l'indirizzo: ché qui l'è la cà de quèj che si mangiano la paja sotta 'l cü.

L'abbaiare che gli risponde è rauco, sfiatato.

Varda che non ci hai gnanca 'na bella vôs.

Il cane guarda il Dante con aria rassegnata. L'occhio sano è umido, come di lagrime. Si siede sulle zampe posteriori e sembra aspettare.

Alla fermata del tram un ragazzotto con la borsa a tracolla da cui esce un grosso libro; in mano una michetta al giambôn che slardella togliendone dei pezzi di grasso e buttandoli per terra. Il cane, che trotterellando ha seguito il Dante fin qui, è pronto a slanciarsi in avanti e a inghiottire, incurante di una pedata che il ragazzo gli tira nelle costole magre.

Il Dante sente le gambe che fanno battista e lo stomaco strizzato; comincia a salivare, si passa la lingua sulle labbra, si impone di non guardare piú la fessura di quella bocca ruminante, quel panino che rimpicciolisce poco a poco:

Mamma, gh'ho famm!

Mangia 'l scagn.

El scagn l'è duro!

Mangia 'l muro.

Il muro l'è fatto!

Mangia on ratto.

El ratt 'l côrr!

Mangia ona môr.

La môr la tacca!

Mangia la cacca.

La cacca la spuzza!

Mangiala tutta.

Che supplizio. Finalmente il Dante riesce a sviare gli occhi dalla bocca divorante, fissando l'attenzione ai cornicioni. Ma l'è inutile: manna del ciel l'è on pezz che n'en piœuv pü.

Eh, caro 'l mè Can, ci sarebbe proprio di bisogno quella bella manna che 'l Signôr ai tempi di Carlo Còdega faceva piovere nel deserto per i sò eletti. Un composto che aveva sapori diversi a seconda dei desideri di chi la metteva in bocca: omne delectamentum in se habentem et omnis saporis suavitatem: fegatelli, pollàster, mondaghítt... E adesso cosa abbai a fare? Lasciami almeno la libertà di sognare, come se mi aspettasse un bel pranzo. San Persuàs, dammi tu una mano!

Allegro e pianissimo sempre

È giusto tempo per un sànguis nella latteria del Girolamo, che tutti chiamano Parafina.

Ohé, Dante, chi non muore si rivede. Come la va? Còntom sü... Seri 'dree a preparàmm 'na galba, te ne vœuret un po'? Ci ho pure della crescenza fresca fresca. Mí m'è passaa la famm per il nervoso che mi hanno messo addosso, quando sei entrato ero lí lí per caragnare. Ché tu non sai cosa m'è successo: sono venuti i riga-rôssa a interrogarmi tutta la mattina per via dei bomb, hanno buttato all'aria i cardenzi, lí nel retro l'è on rebelòtt, on rabadàn de centa para, non ho ancora finito di mettere a posto, ci ho avuto gnanca 'l temp de pissà. Boja d'on mônd làder, te me diré se la mia resôn l'è vera... Be', ti porto il piatto e poi ti conto.

Ché se in altri locali di magnapàn-e-balla si parla soltanto di campionato di calcio, qui alla latteria del Girolamo l'argomento centrale è la politica, perché lui l'è anarchico di vecchia razza e, da qualche tempo a questa parte, almeno una volta alla settimana ci ha on randevò con i questurini. Tanto piú che stanotte qualcuno ha tracciato sul muro, proprio qui di fronte, la scritta SAM e ha fatto poi scoppiare una molotov...

S'al vœur dí SAM?

Ohé, Dante, ma dôe te vívet tí? Vuol dire: Squadre Azione Mussolini... Sí, proprio una molotov. Come quella che han tirato a Genova, al grido di alalà, nel teater dove doveva parlare quella tal attrice, la Melina Mercouri, contro i colonnelli greci. Varda, làssamel dí a mí: sono tornate le squadracce nere. Ma lo sai che hanno assaltato l'ex albergo Commercio di piazza Fontana? Sí, proprio quello che adesso l'è la Cà dello Studente.

Entra un altro cliente. Mentre il Parafina ingrugnato gli prepara un cappuccino, il Dante finisce di ingollare la sua minestra. Col pane ruspa gli avanzi, masticando piano, ché le gengive gli si sono gonfiate, i denti dondano. Posa il cucchiaio sull'incerata a quadri rossi e bianchi dell'unico tavolino del locale. Si rimira nella specchiera che sta dietro il bancone. Gli ultimi anni di vagabondaggio hanno mutato l'espressione del suo volto, l'età gli ha leggermente ingobbito le spalle. Si vede cencioso fatto e finito: ora che si taglia i capelli e la barba solo una volta all'anno, la capigliatura abbondante gli strascica sul bavero, ziocàn, la barba fluente gli si attorciglia sul petto, quasi bianco-giallastra... Pensa all'ordinata barba a scopetta di sopà, ai baffoni con le punte all'insú di sonònn Carlo: li manteneva in forma la notte con un apparecchietto che in casa tutti chiamavano «barbisajo»... Dovrebbe proprio decidersi ad andare da un barbee: certo non da farsi el melôn, domà ona foresettada.

Il Parafina aspetta che il cliente sia uscito per chinarsi verso il Dante e borbottare:

Hai visto che figatèll de vun, come 'l guardava in giro? Ma va' a cantà l'aida... Mèttet in di mè pagn, Dante: ché adèss bisogna vèss prudenti in del ciciarà, quando entra una faccia foresta: tücc spioni infiltraa. Ché io la vedo proprio brutta, caro mio. Pensa all'attentato del 25 aprile in Fiera. Una data che l'era già tutta un programma. Dovevi sentire: qui davanti giravano certe facce di teppa tirate nel saluto romano; e cantavano:

Il venticinque aprile l'è nata 'na puttana,
gli hanno messo nome repubblica italiana,

tutto per farmi paura, ti rendi conto? Han fatto saltare anche due lapidi di partigiani e figurati che han detto che son stati gli anarchici. Quando non sanno che santo tirare in ballo, abracadabra dal cilindro salta fuori l'anarchia. Roba da cagà vergogna! Lo fanno per sifolàrci e per dividerci, come nella vecchia gloriosa canzone: Che siamo incatenati al par dei malfattori. Solo perché noi gli diamo fastidio, ché siam rimasti gli unici ad avere le mani pulite: perché i partiti sono asserviti e corrotti, i sindacalisti col padrone ci giocano a bocce e, passa un giorno passa l'altro, se fai quei giochetti lí, te finissaree cont el dí de sí alle loro proposte, alle sò porcherie, che quando ti han concesso milla franch in piú, tutto resta come prima. Parlo bene o parlo male?

Si mette in bocca una sigaretta e ne offre una anche al Dante:

E poi il capo dell'ufficio politico della questura, dovevi vederlo con quell'aria da mí-so-tutto. A la televisiôn l'ha fatto una conferenza davanti ai giornalisti – 'na paiasciada: el sunadôr e i ratti ballanti dietro di lui – e ha semplicemente mostrato un cartoccetto con dentro del filo metallico, una specie di rocchetto: che lo girava tra le mani manco fossero i maràcas.

Il Girolamo giocherella tuttonervi con un bicchiere, imitando il teatrino delle mani del poliziotto e il suo sporgere il mento:

On parlà de mammelucco che me fa vegní el fottôn. Tutto lí il risultato delle ricerche dei caramba: a tappeto in ogni direzione, ma con propensione verso la matrice anarcoide. Grassie anca ai sass! Ma guarda le balle che cerca di sbolognare certa gente... No, gnanca 'na parola chiara né su esecutori né su mandanti. La resôn del sciôr Lella. E adesso, invece di indagare su chi scrive sui muri minacce contro di me, vengon qui a perquisirmi la latteria! Han buttato all'aria tutto per due ore.

Trovato niente?

Mancaría anca questa... Ma dimmi te cosa credevano che tenessi qui dentro? Michette al tritolo? Fontina esplosiva?

La faccia, che di solito l'è on belee de magressa, ha una smorfia di rabbia. Sospira:

L'hai provato anche te, sulla tôa pelle, cosa l'è la Giustizia; te see andaa anca tí in del calderôn... Il trucco l'è vecchio: se le prove non saltano fuori, si costruiscono, e noi anarchici siamo i piú scoperti, senza un partito alle spalle che ci possa difendere... Damm a trà, Dante, al mè parér de mí, dietro quello che sta succedendo qui a Milano, c'è un piano: i servizi segreti, la Cia che la lavora quaccia quaccia, robb de undergràund... Ma quali indagini serie? A me non mi mandano a spasso con tre bambànn. Non farmi dire, va'.

Raccoglie da terra e riappende sulla cassa alcune fotografie che sono forse cadute a terra durante la perquisizione della mattinata, un adesivo rosso a forma di pugno con la scritta: «Agnelli, l'Indocina ce l'hai in officina!» Riappiccica al calendario un ritaglio di giornale strappato a metà, in cui si intravedono le caricature dei membri della giunta comunale di Milano. Il Parafina gliele indica col dito:

Le hai viste che facce? Da che gente ci tocca essere governati! E pensare che nella Cina antica per diventare funzionari pubblici bisognava superare almeno un esame di poesia... La vuoi adesso un po' di crescenza? No? Allora ti offro un caffè... È che bisognerebbe fare come il mese passato a Battipaglia, che quando la polizia ha sparato, alla gente gli son girati i maroni e hanno bruciato il commissariato.

Come è uscito dalla latteria, il Dante ha ritrovato il cane ad aspettarlo. Ma desso che fai, signor Nessuno? Ti tiri dietro anche un cane? Non ne hai abbastanza delle tue di rogne?

Uomo e cane si fissano. In fondo sono due fratelli vagabondi con l'anima vuota... Facciamo proprio un bel duetto, noi due: l'orchestra dei miserabili: vun al sona nò e l'alter el sta a sentí... Cià, Cane, s'el temp le permètt farèmm on bèll spasseggín... E lentamente i due si avviano verso il centro.

La fredda mezzaluce della Galleria. Dàghela avanti un passo, Cane, che siamo quasi al Duomo, con i suoi marmi fioriti di smog, le guglie dalle quali se véd dov'el comenza e dove riva 'l mônd, gli ostiari-sentinella, i rosei monsignori dotati di passo felpato e stomaco spazza-baslòtt.

Una vœulta gh'eva un òmm
ch'el girava dedree del Dòmm.
El portava 'l s'ciopp in spalla:
gh'ho proprio de contalla?

Un tram cigola acuto sulla svolta, col suo campanello martellato. Un clacson fa decollare di colpo tutti i piccioni della piazza.

Dei ragazzi, visi magri incorniciati da capelli lunghi, seduti a fumare sui gradini del Duomo.

Due sciôre in tailleur sotto il ginocchio, canini d'oro e pettinatura cotonata a ortensia; ben messe, anche se gh'avarànn i sò bèj annítt calcaa. Squadrano il gruppetto con riprovazione e, in tono di pietosa diagnosi, sospirano:

Studenti!

Uno dei ragazzi prende a cantare una canzone di Theodorakis accompagnandosi alla chitarra; una sgarzolina in minigonna rossa gli fa coro. Le sciôre scuotono la testa:

Che generaziôn. Non ci han piú rispetto di niente, neanche di farsi vedere qui in piazza consciaa in sta manera, a batter la fiacca. Te se rigòrdet 'l més passaa, quando quelli lí han distribuito proprio qui in Galleria quei volantini che diséven de vervi nò le uova di Pasqua della Motta, perché erano destinate al Vietnam e ci avevano dentro el napalm? Che stremízz che m'hann faa ciappà. Dimmi te se son scherzi da fare. Ma cosa ci hanno nelle zucche, sta gente?

Coo sbusaa, che gh'hann minga vœuja de studià.

Guarda quello là, con la camicia a fiori e la frangetta. Ghe manca solo l'anello al naso.

Bítnic yé-yé, ghe ciàman. Mi disaría: invertiti. Ma quel che püssee me fa rabbia l'è che le ragazze ci muoion dietro a dei tipi cosí. Guarda lí quella tôsa col vestitino strenc a tira-in-cü...

Bisognaría fà intervegní i vigili.

Un repulisti ghe voraríss. Con le forbici e il Ddt contro i pidocchi.

Pensare che volendo podaríen stà mèj che el papa a Roma e andà in paradís bèj grass come porscèj. E invece, varda, vanno in giro come degli strapelati. Ah, se mí a fussi la sôa mamma, li manderei tücc a lavôrà a pesciàd in del cü. Altro che fumare...

Macché fumo! Se dròghen, passan 'l dí a fà l'orgia tücc ammontonaa: non vedi che faccítt giald pèll-e-oss? L'è il vizio!

Il Dante le ascolta boccaperta; si volta verso il cane:

Guarda te come sei magro: ergo, di sicuro sarai anca vizioso. Regòrdet che un bel culazzo e una grossa trippa che impieníss on cadregôn in sti temp del cazz hinn quell che ghe vœur per fàss reputaziôn.

Piú in là, sotto i portici, una bisa-bosa di gente. Pubblicità sbandierata, sifulàndia di trombette, firifíss di saldi di primavera: un voltaculo alla sobrietà che il nostro Dante A. Lingéra contempla con occhi imbalorditi. Ma sí, correte correte, gent de ciccolàtt! sgomitate, sculettate, incalcatevi, schiacciatevi i calli, sfaccendate come bigatti nelle sò bave, scattate, fate polvere... Tarde sed tute, dicevano i latini. Invece, presto e male, è diventato l'epigrafe del nostro tempo.

Solo me ne vò per la città...

Ché io e voi non siamo, come si dice, sulla stessa barca: viàlter stii lí, vardii, ve par de védum, ma mí son el Jekyll, ci ho una vita nascosta e voi non la vedete.

Il cane sempre a fianco del Dante, come se lo scortasse. Un'altra strada, chi va piano va sano e va lontano, Stendhal diceva che le vie di Milano son cosí belle... Avanti fino alla Sormani, ché gira-che-te-gira il Dante finíss a borlà sémper lí: ché gli angoli dell'anticamera offrono mozziconi lunghi che sono una delizia. E infatti anche oggi l'ingresso della Biblioteca non lo delude: ecco qui tre sigarette, quasi intere. Al Dante brillano gli occhi. Se ne infila una in bocca, le altre in tasca, e riprende a camminare verso il palazzo di Giustizia.

Diritto? Giustizia? See. Gli vengono in mente quei volumi di giurisprudenza – per esempio, i Monitori del Tribunale – che, quando faceva il libraio antiquario, gli capitava di ritirare nelle biblioteche private messe in svendita. Ché il marito non è ancora freddo e le vedove già si disfèscian dei suoi libri: fanno polvere. E i trattati di giurisprudenza sono regolarmente i primi a essere sbolognati... Davanti agli occhi gli si affaccia il volto petrificante della Gorgone che per lui ha preso i lineamenti di quell'ometto sgradevole che nel '61 l'ha condannato. Eppure a guardarlo d'amblé – occhiali dalle lenti spesse, il parrucchino biondiccio, denti che risucchiavano le erre – pareva un pistola innocuo:

Tanto benigna avea di fuor la pelle,
e d'un serpente tutto l'alto fusto...

Ma già i tartufi si erano scatenati, suonava il campanello, bisognava spegnere la sigaretta e ascoltare quella bocca – labbra affilate come quelle di un luccio – emettere la sentenza dall'alto dello scranno-trono:

Colpevole!

In nome del popolo d'Italia. Questo paese che si scandalizza di ciò che non capisce, che si sente pulito e rimpiange i bordelli, che incoraggia le scappatelle scrocche, ma non perdona chi rompe le regole dell'ipocrisia. Ché ciò che conta in Italia l'è mica quel che detta la Costituzione sulla libertà di pensiero, di opinione e di stampa, ma il testo delle norme di Pubblica Sicurezza, anche se porta la data del 1931. Ché io me lo ricordo bene quando Scelba mandò alle prefetture il telegramma con l'ordine di reprimere l'uso degli slip sulle spiagge. Colpevoli di attentato alla decenza! cosicché bisognava mettere in atto la vigilanza contro la «dissipazione spirituale», tanto che a Rimini i ragazzotti dell'Azione Cattolica si inventarono di spruzzare col catrame le bagnanti che esponevano un po' troppo le polpe. Per non parlare della condanna dei manifesti di certi film, come *Miss Spogliarello* con la Bardot, oppure *Zarak Khan* con Anita Ekberg. Ché lí forse si può anche scusare la prurigine, tanto piú che si trattava di bionde esotiche, e in quel caso per noi italici siamo in pieno regno di barlícch barlòcch... Però una volta a Roma capitò che venisse proibito, con l'accusa di oscenità, un manifesto dedicato a una mostra su Lorenzo il Magnifico, quant'è bella giovinezza che si fugge tuttavia: tutto perché c'era riprodotta la *Nascita di Venere* del Botticelli. Anche se la piú grossa fu quando, al ministero dell'Agricoltura, un ministro paolotto fece coprire con un pannello il soffitto del suo studio per nascondere un affresco che raffigurava la dea Cerere quasi nuda. Quasi nuda!... Ma ve lo siete scordato, cari i mè genti che mi passate allato senza neanche guardarmi, quando un paio d'anni fa qui a Milano chiusero quel giornalino, «La Zanzara» si chiamava, perché in un'inchiesta le studentesse di un liceo dicevano la loro sulla verginità? Ma quale libertà di opinione, fatemi 'l piasè. Per non parlare del mè caso: in fondo si trattava solo di quattro giornaletti che mostravan qualche centimetro di pelle scoperta: tutta lí la mia colpa. Qualche centimetro di pelle... Ché poi, quand'ero piscinòla le donne portavano le socche lunghe, guai a mostrare le caviglie, e adesso vanno in giro con delle gonnelline cosí corte che quasi gli vedi 'l sédes. Tra cinquant'anni andranno col bamburín all'infuori, ci puoi scommettere, orcocàn. Tutto questo intestardirsi per difendere il comune senso del pudore, che cambia di anno in anno, l'è 'na robba de matt. E invece neanche una parola contro la violenza, contro la guerra. Quattà la carne e quattà gli altarítt, questo l'è l'unico imperativo. Guai a parlare della verità... Dovevano fare un film, *L'armata s'agapò*: l'han proibii perché parlava delle violenze compiute dagli italiani in Grecia. E Aristarco, direttore di «Cinema Nuovo», insieme all'autore, Renzo Renzi: li hanno accusati di vilipendio delle forze armate, rinchiusi per quaranta dí nel carcere militare di Peschiera. Come pure un'altra pellicola, *Umberto D.*, sbeffeggiata semplicemente perché la nostra società non ci faceva una bella figura... *La governante* di Brancati? proibita. *Banditi a Orgosolo* di De Seta? idem. Cara la mè gente, uno stato che ha bisogno della censura ha sicuramente qualcosa di marcio.

«Colpevole!» han detto puntandoti addosso l'indice, causa finita est: e tu ti sei sentito aggricciare la carne. La carne la carne la carne esposta su quattro giornaletti. Nessuno si è alzato a difenderti, quando t'hanno portato via in manette, quando in guardina ti hanno pestato, quando t'hanno tenuto le catene ai piedi per sedici ore e in stato di fermo per venti giorni senza lasciarti parlare con nessuno. Chissà, 'l mè Dante, se avessi avuto le palanche, se avessi trovato l'azzeccagarbugli giusto e l'opportuno imbonimento di capponi pasciuti. Ma danee nisba, avvocatone nemmeno. Cosí al processo tiraron fuori quelle parole – «pervertito», «perturbatore dell'innocenza» – e se le rigirarono in tutte le salse. Ché i Vostrionori vanno in címbali quando possono mettere sti marchi su qualcuno che gli cade nelle sgrinfie. E i giornali ci sguazzano.

In nome del popolo d'Italia, condannato all'odore di creolina a San Vittore, alla Cayenna dell'apri e chiudi dei catenacci, del bugliolo di plastica e dell'altoparlante acceso in cella per tutta la giornata: rosari, offízzi, ritratto del papa, messa quotidiana. E titúnf e titànf.

È, quella del suo processo, una memoria che ha in sé qualcosa di kafkiano: le pompe del rituale, con toghe, crocefissi, alte pedane; l'inutilità di ogni tentativo di presentare le tue magre ragioni del tajàna; la sensazione che il problema della colpevolezza o dell'innocenza, che dovrebbe costituire il motivo del processo, rimanga per tutti inessenziale; la ferita acuta dell'umiliazione. Ché, quando stai seduto sul banco degli imputati, al posto di chi per anni ha lavorato onestamente, all'improvviso gli altri vedono solo on bordòcch da avvilí, schifà, schiscià... Eccolo qui il vituperio de le genti.

La bocca gli si gonfia in uno sputo di ripulsa. Ma il Dante si trattiene. Ché il disprezzo non lo si sputa: si cova. È il suo pane.

Rimani sovrappensiero davanti a un manifesto che annuncia una conferenza di filosofia. La fotografia del relatore, il suo nome: si tratta di un compagno della tua giovinezza, che adesso è un mediocre funzionario del Partito e gh'ha i danee da far su cont el palòtt.

Un brivido. Hai paura di venir travolto da un maelstrom di rievocazioni. Si vive per anni da piú-che-fratelli, poi la vita impone direzioni diverse e colui che era il tuo amico del cuore te lo ritrovi davanti con una faccia da piagnone, casto astemio vegetariano: símbia dal cü piraa, bianch e rôss e ricamaa. Va be', il mondo l'è bèll quand che l'è vario. Però come passa il tempo. Sei vecchio, car el mè Dante. 1899-1969. Settant'anni giusti giusti in hac lacrymarum valle... In uno dei giornali che hai occhieggiato un paio d'ore fa nella latteria del Parafina c'era un articolo che spiegava come, all'analisi chimica, le lagrime umane rivelino gli stessi sali della placenta. Vida canàja: cosí che fin dal nascere siam segnati, stando per nove mesi in un bel bagnetto di lagrime. Ovvio che, dopo esserci stato a mollo per quel po' po' di tempo, quando è l'ora di venir fuori dalle gambe insanguinate di tomà, cosa puoi aspettarti?

Piagh, tegna, maa de preja, taj, bugnon,
colech, fever, cancrenn, calcol, rottur,
toss, varœul, gotta, sciategh, convulsion,
brutt maa, lebra, moroid, fistol, bruttur,
sciri, cariœu, panocc, crest, scoliazion,
ulcer, porrfigh, tumor, erni, apertur...

Allora l'è inutile invocare protezione in excelsis cœlis.

Il cane abbaia come per rispondere. L'occhio sano brilla lucido, al di là delle lagrime.

Una palestra di karate. Scritte nere: CONTRO IL LETAMAIO PARTITOCRATICO. Una piú in grande: SEI MILIONI DI EBREI SONO TROPPO POCHI.

Tirèmm innanz, Cane. Cammina cammina, ché a noi due ci vorrebbero scarpe di ferro, come nelle favole. Il cielo è ancora buzzo, ma speriamo che di acqua ne sia caduta a basta.

Dàghela avanti un passo,
biondina del mio cuore...

Il Dante è già al Verzee dove, quando lui era on ciccín borlín di pochi anni, esisteva un «trani», anzi il «Città di Trani» dei fratelli Carola. Emporio di disperati, gente malamente ingrassata di minestre penali, vecchioni che straparlavano del passato, gente discesa gradino a gradino nei bassifondi sociali: insomma, i dannati di Milano, tutti a smorfiare posciàndre di colli di pollo e annegare la sôa umiliaziôn in un quartino di vino meridionale a poco prezzo. E ce n'era di quelli che solo a rimirare il bicchiere andavano giamò insèmma, gli busciava la testa.

Si guarda intorno. Per lui questo è un crocicchio di voci antiche. Con i magazzini dalle alte volte a vela collegate da aste di ferro alle quali stavano appesi salami, scope di saggina, stoccafissi battuti con la mazza. Con i carri di ortaggi che arrivavano di prima mattina da fuori porta; il tino panciuto del lattaio, che traballava tra le stanghe perdendo schizzi bianchi sul selciato, in mezzo alle donne che lo attorniavano ciascuna con la sôa caldarina; le ceste di gamberi portati dai pesciaioli del Lambro; le cataste piramidate di sapone di Marsiglia; le battute che volavano tra il peraccottajo che imboniva la sua merce gridando:

Il vero dottôr del vostro ventre!

e il venditore di cavolfiori che urlava ancora piú forte:

Chi 'l vœur che ghe tàj sti ball?

Certo su quest'angolo bisognerebbe almeno metterci una targa commemorativa; ché il trani del Verziere è per Milano come l'olifante di Orlando, il poncho di Garibaldi o la caravella di Colombo.

Si è fermato in mezzo alla strada, imbambolato in questi pensieri, come se dentro gli suonassero le trombe degli angeli. Un tranviere scampanella impaziente; e dietro di lui, dopo qualche istante, un cà-del-diàol di automobilisti incazzosi, decisi a rivendicare i diritti della cronaca su quelli, solenni ma ingombranti, della Memoria.

Come ci si sente scorbacchiati quando, tra la gente, ci rendiamo conto di essere i soli a ricordarci di qualcosa o di qualcuno. Per fortuna c'è il cane che si struscia contro i calzoni del Dante, come per consolarlo.

Avanti ancora. Siamo dei pedoni, camminare è il nostro ritmo naturale. Via Francesco Sforza. Ecco il Policlinico. Un'edicola settecentesca con una croce e qualche resto di moccolo a ricordarci forse il binomio infermità-peccato, la malattia come il segno d'ona colpa da scontà, il padre Cristoforo che si china su quel catanàj di don Rodrigo che la peste l'ha trasformaa in ballabiòtt... E come gli faceva paura, quand'era piccolo, passare per questa via di notte, coi fanali rossi della Guardia che riflettevano una luce color sangue nell'acqua nera del Naviglio che allora si slungava per tutta la via. Fortuna che lui di malattie non ne ha avute tante. Una polmonite una decina di anni fa e prima, negli anni Trenta, un paio d'anni di sanatorio. Al confino in montagna, sopra il lago Maggiore. Che la tisi l'è mica la malattia romantica della bohème: l'è 'na bolla vuota di giorni solitari a spasseggiare tra i pini, la ruggine di una bacinella bianca dove sputare, l'ago che cerca la camola che rode i polmoni, le parole vischiose delle suore, il senso di inferiorità di fronte ai medici. Ché poi l'epilogo finí con lo scriversi da sé: con la sorte che lo graziò, ma con la moglie che non lo volle piú in casa...

Un cartello segnala la direzione per l'obitorio. Ne muoiono tanti di vagabondi, alla faccia di chi dice che ai tempi nostri non si crepa piú di miseria. Balle. La povertà uccide, la fame uccide, la solitudine uccide. Magari ci vuole del tempo, qualche anno, dipende soltanto dalla tôa stella: smagrisci, hai sempre la gola secca, la pelle ti si squama, sputi, tossisci; e un bel giorno non ce la fai piú ad alzarti,

miseria e pipí,
amaro in bocca
a chi me la fa dí.

Chissà se anche l'Introibo l'han portato qui?... È capitato il mese scorso. Un mattino, nel dormitorio di Bande Nere, sbroffava catarro e sangue, poi all'imprevista è rimasto boccaperta in un'espressione che pareva di risata. Una smorfia cosí allegra che anche agli altri che gli stavano intorno gli è venuta la ridarœula e ci hanno messo un po' a capire che non respirava piú. Pòer fiœu, che mi ha preceduto sull'ultima cavedàgna. E pensare che era tanto piú giovane di me, sospira il Dante: la morte la sta in sul tècc e la guarda né a giòvin né a vègg. Ma, se deve dire la verità intera, il Dante lo pensa senza autentica sorpresa, senza quasi soffrire. Qualcosa si va ottundendo in lui. È triste da dirsi. Ha cominciato a vederli scomparire, amici e conoscenti, in questa particolare indifferenza, unico privilegio della vecchiaia. Il suo è quasi un distaccarsi. Da tutto.

Un passante dà una pedata al cane. Senza motivo. Forse gli ingombrava la strada. Il bastardino guaisce spaventato.

Guarda te che gente c'è in circolazione.

Il Dante e il cane tornano indietro verso la Statale; l'uomo ha un passo piú allegro perché ha smesso di piovere, anzi dalle nuvole è spuntato un raggio di sole. L'era ora.

In largo Richini un gruppetto di persone è già in attesa. Un appuntamento che va avanti da un paio di mesi: il Dante legge brani di giornali che ha raccattato per strada, nei bar, nei cestini della spazzatura; come fosse uno degli antichi banditori di notizie sulla pubblica piazza. La gente intorno – perlopiú studenti della vicina Statale, ma c'è anche qualche inquilino delle case delle Opere Pie che hanno l'affaccio proprio qui sopra – ascolta, commenta, discute, battibecca.

La prima lettura oggi è tratta da un articolo che tuona contro i giovani:

Già l'inizio l'è un capolavoro: «La nostra posizione è chiara», paròll che in general le dicono i ciocchi che cognòssen ben la sôa scurità. Ma sentite un po' come 'l continua il pistolotto: «Le nuove leve studentesche sono una generazione che brancola nel buio, priva di ideali, estranea ai grandi problemi sociali e politici. Una generazione in cui domina la scompostezza, lo sbandamento morale, la crescente ed inquietante insensibilità a qualsiasi esigenza di disciplina. Noi, la generazione della guerra civile, speravamo di trovarci al fianco dei figli seri, esigenti, impegnati a far progredire questo vecchio e disgraziato paese, ma a quanto pare abbiamo allevato dei disimpegnati, dei rassegnati».

Nel gruppetto che sta ascoltando, le facce si fanno sempre piú accigliate. Si alzano pugni e voci rabbiose:

È il colmo: senti da che pulpito vien la predica. Parrucconi, falsoni, bigottoni...

Il Dante tossicchia, sorride:

Ma, fiœu, perché state lí ad arrabbiarvi e a sbragiare, cosí seriosi? Va sa scolda la pissa? Ah, vi ho fatto ridere... Cosí vi volevo. Il riso fa buon sangue, cari miei! Chi ride leva un chiodo alla bara, dicevano ai tempi. E si favoleggia che il giorno dopo che la Storia – o meglio, il popolo picconatore – prese la Bastiglia, sulla piazza dove era quella tal prigion di Stato, fu veduto un palo con il cartello: «Qui si balla». Eh, i francesi sí che la san lunga. Ché voi non li dovete ascoltare i giornalisti – tücc stravaccaparòll, mangia-cü-de-gallètt e sufilàri. E piú i titoli son colorati meno bisogna prestarci orecchio. Ché poi raccontan sempre la solita giostra dei lifròcch:

da ona part se fa ona foppa
e dall'altra la se stoppa.

Le parole dei giornali son come le pietruzze del caleidoscopio, che basta dargli una giratina e si aggregano secondo nuove forme. Tra un mese, tra un anno nessuno se le ricorda piú. Fumo di sale... Te me domàndet allora cos'è che esiste di serio? Serio l'è quel maggio sbírol dell'anno scorso, che 'l fioriva di speranza anca nei cuori vecchi e 'l faséva somènza. Serio l'è quello che dicevano il maggio passato quegli studenti vostri colleghi in Francia: de contentàss minga di quello che ti fanno vedere, ma d'imaginàss mônd mai smaginaa... Ché voi ci avete ragione che la generaziôn dei vostri padri non ci ha diritto di fare prediche, visto che da una parte han costruito 'na società tritatutto che senza fà differensa costruisce l'utilitaria e la camera a gas; e guardate che dall'altra parte della cortina di ferro l'è mica meglio: son stati capaci di fabbricare solo mangiatori de cocúmer, altro che l'uomo nuovo. E allora, cosa vi resta? Ma c'è bisogno di dirlo? La revolussiôn, cribbio, ecco quel che dovete fare, la roba püssee seria, perché il tempo buono viene una volta sola. Ché se tutti gli scontenti del mondo, invece di star lí a dormígh sôra questa storia che domani spunterà il sol dell'avvenire, si decidessero oggi stesso a voler cambiare, sarebbe tutta un'altra musica... Lasciatelo dire a me, che nella vita ne ho viste un sacco e una sporta da essere autorizzato al piú radicale pessimismo sullo zoón politicón... È che, boja, la gente si è sempre lasciata dividere: il mio, il tuo, il mio, il tuo... Non è difficile far litigare i ciechi tra di loro. Gli gridi:

Eccovi un bel bigliettino di mille lirette!

Senonché fai solo finta e te la rimetti in tasca. Però i ciechi mica lo sanno e cominciano a picchiarsi:

A mí!,

No, a mí!

Dàmmell a mí!

E noi chi siamo?

Succede immancabilmente cosí, perché tutti pensano che uno di loro il denaro se lo sia intascato. Pòer barlàsc che siamo, come sèmm indree, buoni solo a prendere pesciate in quel posto che anche il papa fa vedere nudo quando sta sul buco... E davvero bisogna mica stare a scoltare i potenti che ci capitano tra coppa e collo: Lor Signori sanno rivoltare la gente in alto e in basso, come nell'acqua turbia dei fagioli che ribollono. Del resto basta guardar la loro faccia stampata sui giornali: questo qui, presempio, che annuncia il licenziamento di tutti i sò operai e ci ha l'aria di una damazza a un tè coi pasticcini. State sicuri che è uno che farà strada, salirà la scala delle celebrità, diventerà uno di quei Monzú Quacchera Squacchera che si danno pacche sulle spalle e ridacchiano, che somigliano a quei comici che ridono prima di dire una battuta che non fa ridere nessuno; e un giorno o l'altro, mi sembra già di vederlo, gli affideranno positivamente l'incarico di annunciare ai popoli – con quell'espressione gaudiosa sul volto – lo sganciamento simultaneo delle bombe atomiche su Mosca e Washington... Et punctum basta.

Piazza Santo Stefano. San Bernardino alle Ossa, con i suoi teschi lucidi e l'altare Mariae Perdolenti, la Madonna in pianto per i peccati d'amore: che qui venivano tutti i Paoli e le Francesche di Milano ad accusarsi e scusarsi di non poter lasciare il sò amore:

Leggevem on bell dí per noster spass
i avventur amoros de Lanzellott;
no gh'eva terz incomod che seccass...

Alla porta di una macelleria, un camion scarica quarti sanguinolenti appesi ai ganci. Ohé, Cane, adesso sta' attento che ti conto 'na storia. Ché una volta in Cina viveva on becchee che si vantava di aver squartato con lo stesso coltello le millanta-mille di buoi per diciannove anni, senza che mai perdesse il sò filo: perché faceva passare la lama in quei vuoti inscí piscinítt come un ovetto cinquantino, che quasi non si vedono ma che esistono nello sprefondo di tüsscòss. Ecco, mi ricordo la storia, ma non so piú quale fosse la morale che ci andava dietro. Scusami, fratello Cane.

Poi di nuovo il Dante torna a scarpinare dietro la stazione Nord. Il cielo è ancora imbevuto d'acqua, ma decisamente piú chiaro. In un androne le voci di una coppietta, quasi una risata: gli entran dritte al cuore come una lama. «Conosco i segni dell'antica fiamma», secondo le parole del poeta. Il Dante rimane a strologare guardando i due che si allontanano teneramente a braccetto. Oh dolci baci, oh languide carezze... Le orecchie gli fanno male a furia di cercare di ascoltare le voci dei due morosi. Ecco, hanno già svoltato l'angolo.

Celeste Aida,
forma divina,
sbattémes i ciapp, cicíp ciciàp,
sbattémes i ciapp, cicíp ciciàp.

Ai suoi bei dí, quando anche lui era un farfallone amoroso e aveva occhi che spandevano luce: stanzette d'alberghetti strapelati col letto cigolante, grovigli di vestiti per terra, il lavamano di ferro con la brocca dell'acqua; e lui tutto pimpante con la squinzietta del momento a provar le varie giostre carnali in giubilanti fornicazioni, ché il suo appetito era gagliardo, e né a tavola né a letto ci vuole rispetto:

vègn chí bionda,
ciàppal de sòtt ch'el donda...

Quel momento del godere, splendido rigoglio animalesco, ma cosí fuggitivo, che passava via senza fermarsi, consummatum est... Una goccia lo sveglia dal suo trasognare sulla musica degli anni che corron via e tutti i dí ne passa uno. Sangua da bíss, ripiove, bisogna aprire nuovamente l'ombrello. Con una specie di tagliente tristezza, il Dante pensa alle sue cosce stagionate, all'età che ormai lo rende come Sansone dopo lo sbarbisamento compiuto da Dalila. Caro el mè Dante, che non serve a niente rammollirsi, lamentarsi come i gru

quand fan voland per l'ari on forcellon
cont quella cova attacch che forniss pú;
né occor che speren la consolazion
che el vent el calla oppur ch'el taja sú.
E pœu sperà che coss! col viv sperand
podaraven morí forsi rimand.

Lo sguardo comunque gli resta per un po' illuminato; come quando alla fine di un film commovente sfilano i titoli e ancora dura la musica...

Mòccala, Dante. Dàgan un tàj. Avanti marsc!

Danza pastorale. Allegro

Ecco il parco, l'arco di trionfo di Napoleone. L'aria dolce dei tigli. Voglia di canticchiare:

La miee di Napoleone faceva la tranviera
andava alla Bovisa sul tram mattina e sera,
bim bum bom,
sotta ai colpi del cannon.

Povera mogliera di Napoleone. Magari intrigantuccia, neh, ma con le polpe solitarie involte nelle lattughe trinate dei pizzi nel bel mezzo di un lettone vuoto, perché lui, quel scalmanaa del Bonaparte, el dormiva sí e no un'ora per notte: sempre in giro col pepe al culo, a far la guerra dal Manzanarre al Reno. Ma sta' lí quieto a cà tôa. Va' nó a seccàgh 'l perdee a mezzo mondo. Ché io li conosco i generaloni come te, caro il mè Napoleone. Li ho visti nella Guerra Granda. Gentaglia che con la gloria si imbroda, che a sentir nominare la pace gli viene la bava alla bocca, e la bava è la loro parola. Convinti che un soldato che continua a vivere l'è un vigliacco, issofatto ci fanno una malattia se passa un giorno senza una carneficina: ché solo quando perde i tre quarti dei suoi effettivi un generale acquista valore. Vecchiardi che coccolavano i loro cannoni dalle gole minacciose, che sbrodolavano comunicati, che conquistavano o riperdevano, una settimana sí e una no, un boschetto di robinie o un campetto di erbacce. E mi ricordo quel tale, l'ho visto coi miei occhi, che durante un trasferimento da un fronte all'altro, siccome pioveva che Dio la mandava, ordinò di togliere un telo dalla barella di un ferito per stenderlo sul suo coupé. E sono sicuro che anche te, caro 'l mè Napoleone, ti sentivi la Nike alata dietro la schiena e ti fregavi le mani dalla soddisfaziôn quando davi ai tuoi soldati l'ordine dell'attacco. Fu vera gloria? Ai posteri l'ardua sentenza.

All'improvviso le pecore. Un intero gregge, con gli agnellini e il birôn davanti. Il Dante vede venire le bestie lentamente verso di lui, lungo corso Sempione, e spalanca gli occhi, come chi vede un fantasma, un'epifania benozzesca di animali esotici. Gli sembra infatti che il gregge avanzi pestandogli il bosco delle arterie e delle vene, il pascolo delle dimenticanze e delle memorie. Guarda incredulo: che ci fanno delle pecore nel centro di Milano? Cos'è una pecora? Cos'è fuori dal suo prato?... Per un istante il Dante pensa a un sogno, a una visione di innocenza, di primavera, di tenerezza, come attraverso gli occhi trasparenti di un bambino. Hanno il senso dimenticato di quando lui stesso era un piscinòla e una pecora poteva essere soltanto un giocattolo rivestito di lana, su quattro rotelline di legno, ché se schiacciavi un bottoncino sul collo faceva beeee beeee.

La voce della vecchia Marién gli risuona all'orecchio:

Ona volta gh'era on pegoree che l'è andaa cont i pégor in campagna per dagh de mangià; e l'era de passà in d'on'acqua; e l'ha ciappaa i pégor a vuna a vuna per portàj de là...

Il Dante bambino fremeva di impazienza per l'interruzione:

E pœu? Va' innnanz!

E la Marién serafica:

Quand hinn passaa tücc i pégor, andaroo innanz anca mí...

Ride tra sé ritrovando sensazioni lontane: la pelliccia morbida dei conigli, la lanugine dei pulcini, la pelle tiepida di un cucciolo di cane, i germogli appiccicosi dei primi fiori. Alza gli occhi verso le cime degli alberi e sente il cuore come un pallone di vescica, nel petto, pronto a volare via:

La Madonna da Varés
la cunteva fin al dés:
vun, duu, trii,
ta tocca a tí!

Ma il gregge è sempre piú vicino, coi suoi belati dissonanti, il movimento lento e disordinato, l'abbaiare dei cani da pastore, gli scagazzi, l'odore... No, Milano non tollera pecore per le sue strade. Subito, infatti, accorrono due ghisa. Il Dante ascolta lo smadonnare dei pastori, il gregge è costretto a fare dietrofrònt. Ecco però una pecora darsi alla fuga. E i vigili lesti all'inseguimento, con grida sconfuse. Che la caccia alle pecore devianti è apprezzato esercizio di civismo di ogni tempo e in tutti i regimi: possono cambiare storicamente le modalità venatorie, questo sí, ma i sicofanti e i cani son sempre quelli... Il destino delle pecore smarrite è nella migliore delle ipotesi quello di essere chiappate e issate sulle spalle del Buonpastore, le gambe ben strette a mazzetto nei sò pugni...

Poco dopo, infatti, la pecora ribelle è ripresa, ricacciata indietro: trotta via sconsolata. Peccato. Una bestia cosí bella. Poter fare cara-cara sul velluto del suo pelo. Forse l'unico essere vivente che avrebbe meritato di sostare davanti all'arco di Napoleone.

Ci sono istanti che somigliano alle stelle cadenti. Ti passano davanti e lasciano un solco luminoso. Poi sprofondano, scompaiono.

Incrocia il Cartolina – tutti lo chiamano cosí perché l'è ona sagoma – col suo carrello scalcagnato che raccoglie il poco che gli è restato della sua lunga vita passata dentro e fuori dal manicomio. Storno come un campanone; ché a domandargli qualsiasi cosa, alza le dita sfarfallanti alle orecchie, come se fosse intento a udire chissà quali serafini, e alla fine risponde sempre di sí. Ma, se è in vena, è capace di raccontarti per ore di quando i medici di Mombello gli facevano i test con domande senza capo come le acciughe, che dimostravano piú follia dei discorsi dei pazzi che venivano tenuti in osservazione:

Oh, il manicomio vero l'è sto mondo. Ma bisogna farsi coraggio, ché la vita l'è 'na pena passeggera...

Il Dante gli fa un cenno di saluto toccando l'ala del cappello.

Il cane, dopo essere sparito per una mezz'oretta, è ricomparso al suo fianco. Il Dante scuote la testa:

Ma dove te séret casciaa?

Damòni, son già le sette. Lo stomaco brontola dalla fame. Lesnôn, muoviti! Alla trattoria *Da Marisa* il Dante conosce il cuoco. Un fischio e poco dopo, sul bidone della spazzatura del retro, ecco bell'apparecchiato un foglio di giornale con resti di ravioli al sugo e una coscia di pollo a metà: stasera ci va di lusso, Cane, ché gnanca Sardanapalo mangiava cosí.

Un garzone in sguandarín bianco si è affacciato sulla porta della cucina a fumare una sigaretta e tenta di far chiacchierare il Dante su uno scandalo che sta facendo il giro della città.

Roba grossa, balòss che accusano, travèt che vanno gamb all'aria, avocàtt rampeghini. Qui rubano tutti, car 'l mè fiœu: truffano, grattano, fann speculaziôn, sbavasciano, spergiurano. Te 'l see nò? Te dovaríet savèll!... Dàmm a trà: le uniche persone oneste e giuste che conosco sono i pòer balôrd tame mí. Ché chi fa il barbone sarà anca gente strapelaa, pistaa, spüaa, lignaa, ma non frega gli altri: se un uomo perde tutto e finisce sulla strada è soltanto perché l'è mica stato capace di partecipà alla riffa di Caino, d'obbedire alla serpe de la maríssia che ti insegna a saltare alla gola del tò fradèll; ché questo, rigòrdet, l'è un mondo di vampiri-ganassa che, gratta incœu gratta domán, tira e bestíra, avendo per scopo l'aumento del capitale e di una redditizia ammortizzazione, costruiscono città, scrivono libri, incendiano continenti, fanno saltare in aria con le mine le ditte che ci hanno le cambiali in scadenza... Mí, te 'l védet, son finii a fà 'l sangiobbe imprecante al vento sopra 'sta rudéra, tame 'na sciavatta vèggia, perché mi son permesso di protestare contra i stüpid. Ma se mi fossi contentato di star nel mazzo, se al momento giusto avessi tirato fuori anch'io la lappa per dire quel che vén vén, mí adèss saría on veggètt tranquillo come un papa de gèss. Vàrda, scolta i consigli di un naufrago esperto, ché s'imparan tante cose in gattabuia, le sbarre ti insegnano a vedere che sto mondo funziona alla rovescia: chi è onesto sarà gettato nella buàssa, invece le anime nere di disonestà – i balossoni che tràsan la roba, che piangono dal tropp mangià, che ci hanno la scienza de buttare le sò colpe sugli altri – se la cavano sempre, magari all'ombra del proprio cognome. Ma adèss làssam in pace: la sbobba si fredda e io devo masticare lento lento – ah, i miei poveri denti – ché 'l berín, quand el beera, 'l pèrd la buccaa.

È sera, si accendono le luci. Fin dall'infanzia al Dante è sempre piaciuto il momento del crepuscolo, la sensazione strana che riempie le stanze prima che si accendano le lampade. L'ora delle passeggiatine di Dio sulla terra, diceva la vecchia Marién: scende giú da noi a spiare la brava gente che s'affaccia a ritirare i panni stesi sui terrazzini, le tavole apparecchiate, i bambini che preparano le cartelle per il giorno dopo; a riassumere nell'ultima pozza di luce le minute vicende quotidiane che già scivolano verso il domani.

La pioggia pare definitivamente cessata, il cielo al s'è

s'ciataa fœura. La via che costeggia la ferrovia Nord è cosí chiara e rilucente: come una donna che si toglie il mantello scuro e ti rimane davanti in camisœura bianca, sospira il Dante. Cœur qui soupire, n'a pas ce qu'il désire...

Un incolto vasto e squallido, una recinzione a metà, pile di materiali da costruzione, forse ci pianteranno un cantiere. Un falò di cartoni umidicci. Baracchette. Alcuni senzatetto, mani che lampeggiano rossastre alla luce della fiamma: bisogna scaldarsi, ché la notte è molesta come la cagarola, se si ha freddo.

Piú in là la carcassa di un vecchio autobus che ancora conserva tracce dell'originaria tinta verde; senza ruote, ché le sue corse le ha ormai finite da tempo; alcuni finestrini tappati dal didentro con stracci e cartoni sporchi, a debole protezione dagli sguardi estranei. Da lontano viene il ringhio dei camion, quando cambiano marcia e ripartono dopo l'incrocio per immettersi nella circonvallazione.

Nel gruppetto c'è una trentenne con un'onda di capelli neri e bisunti che le divora il contorno della guancia sinistra; pesanti palpebre oblique; la camicia sporca e scucita sotto le ascelle. Il Dante, con la colletta che i suoi uditori di largo Richini hanno fatto per lui come ogni sera, ha comprato due fiaschi di vino e ne offre a tutta la combriccola. Bevi del vino e lascia andar l'acqua al mulino... Il braccio della giovane donna, che gli tende il bicchiere di carta colmo di un liquido denso e scuro, resta sospeso un secondo piú del necessario davanti al viso del Dante. Quasi che lei lo studiasse: un po' come chi illumini il viso di un malato che dorme.

Bibit pauper et aegrotus,
Bibit exul et ignotus,
Bibit puer, bibit canus,
Bibit praesul et decanus,
Bibit soror, bibit frater,

Bibit anus, bibit mater,
Bibit iste, bibit ille,
Bibunt centum, bibunt mille...

Buon fuoco e buon vino, mi scalda il mio camino, ché il vino è la poppa dei vecchi. E gente allegra il Ciel l'aiuta...

Se vuoi, puoi dormire con me nell'autobus stanotte, gli dice piano la ragazza; la voce un po' rauca, quasi un sussurro.

Non certo una bellezza, pensa il Dante accomodandosi in disparte su una cassetta di legno; eppure gli piacerebbe immaginarsela nuda. In fondo non è cosí male: a parte i due incisivi superiori che ha perso e gli occhi striati di rosso, se avesse una quindicina di chili di carne lí dove piú le manca, potrebbe aspirare al titolo di «Miss Meglio di niente».

E mí la donna stecca la vœuri nò,
donna stecca l'è 'na spuzzetta...

Lei si ravvia i capelli davanti a un frammento di specchio che ha tirato fuori da una borsa di plastica per la spesa.

Guarda un po' chi arriva: 'l Paolín Nodàr! un balengo che ha la fissa dei certificati e gira per le tane di Barbonia City tenendo sottobraccio una cartella di cuoio logoro, stretta da una cinghia anch'essa consumata e strapiena di scartoffie che chiama «verbali»: fogliacci di carta sudicia che riempie di dichiarazioni di proprietà e che cerca di far firmare a chi non lo manda al diavolo. Ché, nella sua smania certificatizia, il Nodàr vuole sia testimoniato il suo diritto a dormire in qualunque luogo pubblico di Milano. Fogli del tipo:

«Io sottoscritto dichiaro che 'l sciôr Nodàr sta da due settimane sotto la loggia detta dei Mercanti».

Oppure:

«Certifico che il Paolino Notaio suole sostare per il suo riposo sulla seconda panchina della terza balconata della Stazione Centrale e ne ha quindi l'usocapione».

Si fa incontro al gruppo con l'acida allegria di chi si sente il proprietario segreto di questo prato di ortiche. Qualcuno sghignazza, ma il Dante ricambia il sorriso al nuovo arrivato: povero Paolín Nodàr, che male fa con le sue manie notarili? Se quel tal personaggio di un famoso romanzo russo poteva permettersi di comprare anime morte e veniva rispettato e riverito per questo, perché un barbone milanese non potrebbe far collezione di verbali di proprietà dei luoghi piú abbandonati di Milano? Il Dante ha conosciuto ben altri millantatori: conti e baroni d'accatto, creati magari da qualche oscuro studio araldico, scopritore – o inventore solerte – di titoli fasulli su tanto di pergamena bollata; gente partita con un solo nome dal natio borgo selvaggio e che oggi invece sfoggia biglietti da visita dove, tra cognomi, predicati e titoli, allineano quattro righe di corpo tipografico.

Vegneva innanz la nocc de maneman
che el dí ghe renunziava al sò possess.
Tucc dormiven: né gh'eva in tutt Milàn
fors gnanch cent lengu de donn che se movess...

In cielo tre quattro stelle umide. L'alcol ha svelenito tutti. C'è un paradiso della mente, e anche del corpo, che va ben al di là delle parole. Un barbone si è buttato a dormire sotto il predellino del vecchio autobus, proprio dove un altro aveva già orinato. Il Dante si intrufola all'interno della carrozzeria del veicolo, cercando un cantoncino riparato dagli straventi; nasconde l'ombrello in un angolo. Chiude gli occhi. Casuccia parva sed apta mihi. Oscurità del mondo, fuochi dell'immaginazione, sensazioni che dallo sconfuso della giornata risalgono alla superficie della coscienza, quasi pesci che dal fondo di un'acquario vengano a schiacciare il proprio muso contro il vetro dietro il quale li guardiamo; ché davvero conosciamo noi stessi solo per sentito dire...

Il ricordo di una canzone di Bessie Smith che racconta

l'inferno, molto piú lontano della tristezza, tra veglia e dormienza: il Dante la ripete piano senza cantare, solo per avvolgersi in una sensazione tiepida. La gobba mostruosa di Quasimodo, lo sguardo di corvo del ragazzino ricciutello di stamattina, la bella Esmeralda che sorride, non si capisce se in testa ha una corona di spine o una ghirlanda di fiori.

Povera donna sola
abbandonata in questo
popoloso deserto
che appellano Parigi...

Perché Sua Disgrazia Esmeralda piange? Ha paura del buio? È terrorizzata dall'idea di morire, come se si trattasse di entrare nella scurità piú cupa?... Ma forse la morte non è cosí, in fondo cosa ne sappiamo noi della terra dei morti, magari in fin dei salmi il morire non è una faccenda cosí brutta,

aulí ulé, che t'amusé
che t'approfitta lusinghé.

Quando tocchi il tasto delle ricordanze ti ritrovi sempre l'amaro in bocca, perché sei solo come un barbagianni: peggio per te, ché se te see rugurœura, ruga, se te see pissacàn, pissa.

Quando il Dante era piccolo, la Marién gli contava che di notte, sopra la gente addormentata, passa l'angelo che bolla: viene a marcare con un segno in fronte chi non arriverà al tramonto successivo. Per questo la Marién consigliava di tenere sempre sul comodino un bicchier d'acqua con la zolletta di zucchero, per addolcire l'angelo e convincerlo a passare oltre, di modo che il nulla e il mai fossero rimandati. Come se, quand uno nasce deslippaa, fosse bello un giorno in piú di vita... Devo avere una faccia da spaventapasseri, sento che la mia spina dorsale l'è un palo di scopa, la testa la diventa una balla de stràsc sotto l'ala del cappello, sono un ratôn, un pipistrello, un'erba matta che cresce nella palta. Ma se tutti insieme uscissimo alla luce a fare la marcia dei vermi, bordòcch di tutto il mondo unitevi, se finalmente la città la fosse obbligata a guardare... Oh Milano, sai cosa ti meriti? che io ti rivolga la bisillaba escrementizia di Cambronne.

E una stazione la faremo a piedi
e quell'altra cammineremo
e sempre uniti noi resteremo
e la lingéra la trionferà...

Il Dante farfuglia da solo, quasi avesse la febbre. Lo sferragliare di un treno della Nord. Il falò ormai si è spento definitivamente. Cambia posizione, si stringe nella sua giacchetta sfagiolata, perché il freddo si è fatto intenso. Gli torna il ricordo dell'ultima guerra, i rifugi quando la sirena suonava l'allarme perché stava arrivando un pippo: i materassi per terra, i rosari delle zitellone, i respiri sospesi, fiolítt che dormivano come sassi; ché c'è un'età nella vita in cui si sogna, dormendo, solo se si è stati cattivi o se non si sta bene.

Dei passi all'esterno dell'autobus. Per un attimo la gola stretta; come un prigioniero con l'orecchio teso in una cella nera. Una luce esitante si ferma un attimo sull'entrata, poi la donna entra e fa due passi verso di lui, il braccio regge la torcia elettrica.

Ti va di guardare?

Sí.

La forza pesante e carnale dei monosillabi. Il sangue che batte nelle orecchie. Un improvviso desiderio.

Lei si leva la camicia e resta in piedi, una forma quasi chiara nel buio. Al Dante viene in mente un'incisione di Goya, con il viso pieno d'ombre e la sottana rialzata fino alle reni.

Senza scambiarsi una parola, senza tenerezze preliminari, lei si avvicina. Lui allunga un dito a toccarla, la sente sospirare. Tutto qui. Fine della festa. Il Dante la guarda staccarsi, avvolgersi in una coperta rattoppata e difensivamente scivolare in un sonno pesante: cosí ferma e zitta come se niente al mondo la interessasse. Rimane a fissare il soffitto dell'autobus: il giorno è ancora lontano, però la luna orla di bianco le nuvole e, dietro un vetro ragnato dal lancio di una pietra, illumina l'interno del veicolo. Si tira su a sedere volgendosi verso la donna: dorme tranquilla, fanciullinamente, il volto quasi nascosto dalla massa di capelli, il respiro regolare. Si risdraia, col tepore di lei contro il suo fianco; sperando che nessuno venga a disturbare il loro sonno. Ché la notte a volte è buona coi barboni, altre volte li sveglia con una brutta balossada, un calcio, una lanterna puntata in faccia, certa gente non la vuol proprio capire che il sonno è sacro.

La notte avanza lentamente, che uno può ascoltare lo scorrere dei minuti che traversano le vie di Milano. Le lancette di tutti gli orologi della città si liquefano come in un quadro di Dalí. Il sonno arriva, le palpebre si fanno pesanti. E il Dante sa che non sentirà come due mani femminili frugheranno le sue tasche cercando di trovare il denaro che non ha. E siccome di questi tempi la sopravvivenza è a ogni costo, queste medesime mani si fermeranno solo dopo avergli sfilato dalla borsa qualcosa.

Poi, finalmente, cala il sipario del gran mistero che tutto stringe, che conduce pianti e sospiri umani verso una stessa meta, non si sa dove.

Estate

L'è chí l'Estaa, curt i nocc, longh i dí, cald de crepà, noo se pò stà in lecc, sú nanca, passeggià figurass! lavorà pesc, noo gh'è famm, se sent froll, e lasagnent comè la polt.

Oh! Dianzen malarbett gh'è nagott de bon?... ma per mí, che sont miserabil noo ghe trœuvi alter; se violter gh'el trovee, cuntee sú... Per mí v'hoo ditt el mè parer, se nol ve pias deel indree ch'el baratti.

CARLO PORTA, *El lava piatt del Meneghin ch'è mort*.

Allegro non molto

Pomeriggio d'agosto, «giovedí» secondo il giornale che il Dante ha raccolto in un cestino della spazzatura: letto riletto straletto, per l'abitudine di cercarci fattarèj de cronaca da commentare con gli altri. Ma oggi non c'è niente di notevole, a parte i titoloni su un delitto misterioso: ché il diavolo l'è sutíl ma 'l fila gròss, per cui d'estate non si comprano quotidiani se non c'è il condimento del mazzae-coppa; squasquàs il «Corriere» dovrebbe pagare i suoi giornalisti non per scrivere articoli ma per commettere qualche bel crimine alla Landru allo scopo dello svago popolare.

Lazzaronando sulla panchina di un piazzalino maltegnuu di periferia, il Dante alza gli occhi al cielo opaco di afa. Sbadiglia. Da quando è scoppiato il caldo, cerca di muoversi poco: i piedi gli si sono gonfiati e ieri, in piena strada, gh'è ciappaa el ranf nella polpa della gamba, tanto che l'ha veduu le stelle. Perciò se ne sta seduto all'ombría, ma pur sempre sul chi-va-là per non farsi cattare addormentato dai ghisa che girano lenti e subdoli in bicicletta... Oggi respira male. Probabilmente è colpa della cappa soffocante che stagna sulla città. Scuote la bottiglia posata accanto a lui: asciutta, neanche piú un goccio.

E se il vino fa buon sangue
l'acqua fa tremar le gambe,
amor amor amor
amor amor amor,
chi con l'acqua guasta il vino

beva il mare a capo chino,
amor amor amor,
e la rosa l'è 'l piú bel fior!

Rigira da capo le pagine spiegazzate del quotidiano. Giovedí... Di luni t'imburroni, di marti ti sparti, di giovi t'inchiodi... Era denso di preparativi, il giovedí pomeriggio, ai tempi in cui il Dante era giovane. Ché tradizione voleva che quella tal serata la si consumasse a casa della morosa: giovedí, tutti gli asini dísen de sí. Un giorno né carn né pess per gli affari delle osterie... Ridacchia tra sé ricordando la sua prima fidanzata, la Teresa. Era l'estate del '22 quando la frequentava; o meglio, come allora si usava dire, quando le parlava: definizione senz'altro piú esatta perché, in fin dei salmi, il corteggiamento di allora si limitava a una lunga giostra di discorsi sull'ottomana a casa di lei, al giovedí sera, e di sfoghi verbosi con cui il Dante successivamente tormentava gli amici negli alti e bassi sentimentali che a quell'età – forse a tutte le età – accompagnano gli innamoramenti. Ché gli appuntamenti avevano un copione fisso: la madre di lei in cucina a sbrigare faccende o a ciciarà con un'amica, e lui sul divanetto della sala, affianco alla Teresa col suo strano profumo che al Dante pareva quello del talco per bambini; lui d'un tratto allungava la mano in una carezza furtiva, un momento magico in cui gli sembrava di essere separato totalmente dal mondo, la Teresa tutta sua per l'eternità, le dita a sfiorare i bottoncini di quella blusa bianca... Poi all'imprevista si udiva dalla cucina un rumore – una seggiola spostata, un'anta sbattuta – e, si sa, quando si vuol bene si ha sempre paura: pochi secondi disperati per ricomporsi. E magari era stata semplicemente una corrente d'aria, una bambanada inscí. Sta però di fatto che l'incanto svaniva di colpo. Lui e la Teresa si allontanavano: in qualche cantuccio della mente, insondabile e remoto perfino per loro stessi, il filo dell'amorosanza si era spezzato. Inutilmente poco dopo il Dante si arrabattava a riprendere la comunicazione delle carezze; la Teresa lo scostava, finché lui non aveva piú il coraggio di riprovarci e diceva rassegnato:

Forse l'è meglio andà a dormí.

Che bamba che eri, car 'l mè Dante: eppure quell'estate del '22 tornavi dalla casa della tôa morosa con la sensazione di sentir battere il polso della giovinezza, la sicurezza che la vita avesse la fragranza intensa delle rose che saliva dai giardini dietro l'Arena. Però non ti sapevi mica decidere, temporeggiavi; per cui a un certo punto il fratello della Teresa ti prese da parte, squadrandoti con occhi inflessibili e dandoti l'aut aut:

O cagà, o lassà líber 'l cèss!

Perché non era giusto, sosteneva, che tu tenessi «impegnata» sua sorella, se non avevi serie intenzioni matrimoniali. Insomma, crepacuore e teatro: ohilà biondina capricciosa garibaldina trullallà, menelík col frik col frik, stretti stretti nell'estasi d'amor...

Cosí avevi preso la palla al balzo e te ne eri scappato in Mérica. Ai tempi dei tempi dei tempi.

Con le dita gronchie per l'artrite il Dante accarezza faticosamente una delle traversine di legno della panchina. Sembra quasi umida, come trasudasse l'umore di tutte le persone che oggi son passate di qui a cercare il refrigerio dell'ombra.

Tura col pollice la narice e tira su col naso. Fruga nella tasca, dove l'ha ficcato? Ah, eccolo qui. Si mette il mozzicone di sigaretta in bocca. La fiamma dello zolfanello sfregato sulla scatola sfiora i lunghi barbís ingialliti dalla nicotina. Aspira, la bocca si restringe, le guance si gonfiano, esce il fumo 'dasi 'dasi. Il benessere gli si legge sul viso. Ché il fumo è il polline dell'anima, pensa il Dante: uno ci si ricarica. Certo le sigarette non danno la stessa soddisfazione della pipa. Un tempo ne aveva un'intera rastrelliera: di radica, di schiuma, de gèss; alcune scolpite con teste di donna o d'animale. Ne tiene ancora una nella borsa «degli Avanzi» che si porta in giro a tracolla: piú per affezione che altro, perché praticamente è inservibile, smangiata dagli anni e ingrommata, il bocchino talmente consumato che l'estremità si è sformata e si perde il gusto pieno del tabacco... Gli torna in mente una decina di inverni fa, quando l'hanno ricoverato in ospedale per una polmonite. Brutto posto quello: ché, a parte i brodini di dado sdilinquito in acqua tiepida che lo obbligavano a mandar giú a sciacquapanza, era costretto a nascondersi in del cèss per fare 'na pipata in santa pace. Ditemi voi se è possibile. Una pipa, porca martina, l'è mica fatta per essere tenuta nascosta. È come un uomo, la pipa: ha bisogno di aria per viver la sôa vita. D'estate tien lontane le zanzare, d'inverno ti scalda il cavo della mano. Senza contare che la vita di una pipa può essere molto piú lunga di quella di un uomo.

Un ultimo tiro al mozzicone. La calma del pomeriggio sulla lingua. Un paio di colombi: il maschio fa la ruota, la femmina lo sfugge a passettini corti.

E questa cos'è? Il Dante allunga la mano su qualcosa che luccica, incastrata fra le traversine della panchina. Una biglia di vetro. Sorride, come rivedendo se stesso ragazzino, intento al gioco: la linea tracciata in terra con un legnetto, l'impazienza, la mira, i tiri imprecisi...

Musa, che in grazia tova da fiœu
hoo tolt sú dal majester de gramatega
on brovètt de sardell e de pignœu,
no me fà com'el solet la lunatega,
che el dí de compensamm l'è quell d'incœu.
Cuntem tí i pee di vers che te see pratega;
e tí marmoria fa el tò spicch anch tí...

A dir la verità intréga, ai suoi tempi le biglie erano un lusso. Piuttosto, quando da piscinòla lo portavano a passare l'estate nella casa dei parenti in riva al Naviglio, coi bambini dei dintorni si limitava a giocare a gücc, con i noccioli d'albicocca, che si lanciavano a turno sul primo gradino davanti alla chiesetta del paese: vincere voleva dire riuscire a far passare il mignolino, strisciandolo a terra fra i due nòccioli gettati, poi con uno dei due centrare l'altro per mezzo di un solo colpetto. Quando i nòccioli cadevano troppo vicini, che neppure il mignolino ci passava, c'era la facoltà di gridare:

Bôn al boschètt,

e allora si poteva usare al posto del dito una pagliuzza. Sempre che prima però non ti avesse fregato l'avversario gridando:

Bôn nò al boschètt.

Se avevi la fortuna dalla tôa parte, te guadagnàvet ona fazzolettada de gandoll.

La città oggi pomeriggio è davvero silenziosa: par proprio che se ne siano andati tutti. Eggià, tempo di vacanze. Dal fondo dei ricordi viene a galla il finale amarissimo di *Siamo uomini o caporali?*, con la macchinona lustra del bellimbusto bausciôn che se ne va, brütt stamègna, portandosi via la fanciulla in fiore e lasciando Totò sconsolato ma dignitoso nel polverone della strada e della sua povera vita:

Se passa per Portofino, venga a trovarci!

grida l'ultima incarnazione della razza dei caporali, con quella cortesia de bocca che la costa pòcch.

No, non passo mai da quelle parti...

è l'agra risposta del rappresentante dei poerítt ma gnücch. Come in quei giochi di parole, di quando il Dante era bambino:

E tu dove vai in villeggiatura?

Vado a Cà-stò, in provincia di Cà-rèsto...

Barzellette per on ferraostín de strapelati, tetragoni agli allettamenti rivieraschi.

Piú che altro la parola vacanze ha per il Dante l'odore della strada ferrata: pietrisco, polvere e ferrovecchio. Ché alle due del pomeriggio dietro casa passava un merci. D'estate, quando il treno arrivava al curvone, il Dante sentiva il fischio e di corsa raggiungeva il terrazzino per gustare quel rumore – tracatrà tracatrà tracatrà – e seguire con una sguardata vogliosa la locomotiva, i vagoni interminabili, il deposito del carbone; aspirando l'odore del fumo... E mentreché il treno sfilava, si diceva: uno di questi giorni ci salto sopra, traverserò pianure montagne fiumi... Vagone, vagare, vagabondo: voglie di manoscritti in bottiglia, Ulisse coi suoi itinerari di avventura e conoscenza, fughe dalla casa dei padri alla maniera dei personaggi di Mark Twain. Però erano solo sogni, ché da bambino, car el mè Dante, su un vero treno non ci sei mai salito. In compenso hai giocato tantissimo al trenino, le domeniche passate dai parenti di Lasnigo. Il massimo del divertimento: tu che corri in una lunga fila di cugini, ognuno agguantato alle spalle da chi lo segue; la fila si snoda attraverso le stanze, curva nel corridoio, prende la rincorsa, si scioglie in urla appena raggiunta la cucina. Una gigantesca idra di teste spettinate – facce a lentiggèll, guance accaldate, occhi balossi – che si calmava solo alla vista della merenda di pane con sopra on nigottín di zucchero caramellato.

Quando il Dante era piccolo, il posto piú lontano in cui andava d'estate stava a poco piú di una trentina di chilometri da Milano: da certi parenti ariosi che avevano una villotta sul Naviglio Grande. Partiva all'inizio di agosto con mamma Dorina; la carrozza carica di bagagli scalossava su e giú per le strade dissestate della campagna milanese, un momento tutta piegata da un lato che pareva sul punto di rovesciarsi, un momento dopo dal lato opposto; le ruote cerchiate stridevano. Una corsa scalmanata – o perlomeno cosí pareva al piscinòla che era il Dante – tra case che si scansavano a malapena e correvano via spaventate, mentre il vetturino schioccava la frusta e sputava nel vento. Finché si arrivava al ponte sul Naviglio: allora la cavalla si dava una calmata, svoltava sull'alzaia e dopo un centinaio di metri infilava il portone spalancato; l'atrio della casa dei parenti rintronava di abbracci fragorosi, tutti si timbravano il collo di baciozzi come se la carrozza arrivasse non da Milano ma da oltremare... Nonostante i sessanta e passa anni trascorsi, ce li ha ancora nel cuore quei mesi sul Naviglio: a spiare le nacchere delle quaglie o il gracidio fervoroso delle rane nell'erba grassa delle rive; oppure a seguire con brivido attento il lavoro dell'Apolonio, il talparo: come tirava fuori dalle trappole le sò bestie, le chiudeva ancor vive in una cassetta che la sera portava al fattore, el sciôr Brügna, che gli pagava una moneta per ciascuna talpa catturata; poi, dopo averle ammazzate in sua presenza con un colpetto di bastone in testa, le scorticava appendendo le piccole pelli grigiorosate a seccare su un'asse di frassino...

Cinq e cinq fan dés
tí la merda e mí i scirés,
i scirés hinn propri bònn
tí la merda mí i bombôn.

E poi i giochi dietro casa, su e giú dalla carrozza, immaginando agguati tra le ruotone coi cerchi rossi e i mozzi giallo canarino; come se il cortile fosse una prateria di cavalcate furibonde, e il Naviglio un salgariano mar de' sargassi... I bambini del paese erano sporchi e spavaldi; come, presempio, il Rino, che era figlio della balia a cui la Casa degli esposti di Milano aveva affidato il Dante per alcuni mesi dopo la nascita: un campione nel catturare insetti. Capace di passare la serata a raccogliere una cinquantina di lucciole in un fiasco, per poi rinchiuderle in un fazzoletto e sbatterle contro il muro: il succo grigiastro che ne usciva lasciava per ore sulla tela grosse macchie fosforescenti...

C'erano però giorni in cui il Dante era preso dalla voglia di star solo; allora si nascondeva nella cappelletta di Santa Maria in Binda: nella penombra fresca, una lunga teoria di Madonne del latte reggevano bambinelli con facce da vecchietto; vi regnava un silenzio piacevole in cui ci si poteva inventare vagabondaggi della mente in santa pace, 'l coo che diveniva di sansarèlla, leggero leggero.

Vagare, vagabondo: parole che ha sempre sentito intimamente sue. E se è vero che la vita non è che la ricerca e l'attesa di una forma – e che quando la si trova ci si accorge che tutte le altre non erano che un presentimento – la tua forma, caro Dante, è stata quella della fuga.

La prima, in Mérica nel '23. Fuga dalla delusione amorosa, ma soprattutto dalla tutela delle zie materne. Ché se ritorni col pensiero all'epoca in cui finiva la tôa gioventú, niente ti sembra cosí opprimente, cosí torbido, come il ricordo di quel periodo dopo la guerra del Desdòtt, quando ti smobilitarono e nel giro di pochi mesi se ne andarono prima tomà Dorina poi il nonno Carlo. Morti loro, era cominciato lo strapotere delle zie... Un vero incubo, le donne della parte materna della famiglia che t'aveva adottato; ché per la verità ti son sempre piaciute le donne, ma purtroppo a una certa età le femmine si diramano in zie, prozie, suocere, vedove et cœtera. Quelle tre, lui se le ricorda per filo e per segno: la Nina, con un neo baffuto sulla guancia destra; la Netta, tre menti coperti di cipria e ascelle perennemente cerchiate di un sudore acre; la Mariagioàna con una torre di capelli e forcine, i bandò spartiti a mezza fronte, i borzacchini stretti attorno alle caviglie cicciose; tutte e tre in severi abiti grigioferro, che dovevano essere stati di moda quand a Milán gh'éven chí i croàtt e che lasciavan libera, sotto il collaretto di velluto, solo una strisciolina di grinze. Sopà Mili le canzonava sottovoce, chiamando le tre cognate: la Nina, la Pinta e la

Santamaria. La piú perfida era la Netta, ona polla frèggia che la faséva come papa Sist che le perdonava gnanca a Crist: quando il Dante allungava la mano per un biscotto in piú, lo castigava mettendogli sulla punta della lingua, perché non dimenticasse l'arma dei crimini, una spolveratina di pepe. Il Dante bambino doveva seguirla fino in sala da pranzo... Gli sembra quasi di vederla ancora estrarre dal mazzo che portava alla cintura la chiave dei cristalli dell'immensa credenza, per toglierne il vasetto dal coperchio traforato e sbatterlo sul cucchiaino d'alpacca che poi gli spingeva ruvidamente tra i denti.

Tre zitellone di acide smanie uterine, che vivevano in stanze immerse in una penombra spuzzosa di orinale e di naftalina... Cosí, una settimana dopo il funerale del nonno Carlo, le zie mi mandano a chiamare e mi comunicano che devo mettere la testa a posto: e tœutel fœura ona bonna volta de la crappa de continuà a studià... Tre arpie con gli occhi fissi su di me, con l'aria di un quaj boia medievàl che 'l sciüscia l'emozione della sua vittima. Ma che ce ne potevo io? Per la legge ero minorenne e sotto la loro tutela. Ché certe volte in sogno me le vedo ancora lí, ste tre genoveffe intronate sul sofà col tombolo in mano, a sparlà spettegulà sentenzià profetizzà tutte le sventure possibili:

Menomàl che la Dorina, la tôa poramama, il Signore le ha fatto la grazia chiamandola a sé, perché se non se la fosse portata via il tifo la saría morta adesso di crepacuore. Beata lei che se ne è andata, e pensare che t'avaría daa anca el latt de gallina per contentà un trovatello malcagato come te. Ma si sarebbe dovuto prevedere che saresti diventato un catanàj, un lisnôn, un ingrato, un barabba, nato com'eri nato: la carne dell'affinità la tira... Fortuna che non ti ha visto cosí, quella santadonna che certo lassú siede alla destra del Padreterno; perché di sicuro quel frammassone del somarí altro che sedere alla destra del Pater.

Cassandre del malaugurio, con in testa l'esatto calendario delle mie disgrazie a venire. Tutto previsto nelle loro menti: se mi ammalavo, se non trovavo un buon lavoro, perfino se non andavo di corpo, era immancabilmente perché non avevo dato retta ai loro saggi consigli e non ci mettevo di mio neanche uno zicco di bonavolontà. Non facevano che fastidiarmi come mosche culére, stracciandosi le vesti dall'indignazione; e se non c'era nessuno a sentirle, si rivolgevano ai mobili del loro matroneo, oppure alle proprie immagini riflesse nelle specchiere del salotto:

Sentite che gratitudine! Vardee come si comporta! Come risponde a delle porezíe che non chiedono nulla per sé tranne che un po' di rispetto!

Ché a quei tempi di tonitronuanti veti – da parte di lari domestici, pedagoghi, guardie, preti, pie donne, ufficiali di picchetto e governatori di Maracaibo – il «rispetto» era il sacro dettame: fino alla maggiore età tutti erano obbligati a basà el cü a la veggia. Ma io ero giovane e testardo: zoròcch tí e 'l muro; la guerra m'aveva guarito da qualsiasi rispetto per le virtú sublimi, ga n'évi pien i cojôn de sentímm tutto 'l dí a resegà. Creppa, s'cioppa e fa' ona bella botta... Ché alla fine mi son detto:

Sent, el mè Dant, gh'è un'altra strada par schivà la batosta e scappà de sto sit che te nœus tant.

Inscí, vista la malparada, ho ciappaa el dò de copp e son filato in Mérica. Gnao gnao, prendetemi se siete capaci.

E almeno ci fossi rimasto in Argentina. Invece no. Baggiàn che sono, ho raspaa sü quei pòcch danee che avevo guadagnato nel negozio di Ramos Generales di mezío Armindo e son tornato in Italia. Era il '28. Pieno fascismo. Lavoro poco, ma per fortuna femmine tante. Ona colleziôn. Finché mi vado a innamorare della Zaira. Io sempre tira e molla, un dí in sul pér un dí in sul pomm, perché prima di me c'era già stato chi l'aveva pastrugnata; comunque nel '34 lei rimane incinta e in quattro e quattr'otto la sposo. Che ancora me lo chiedo: cosa ci ho trovato in quella lí? come ho potuto farci una figlia? Domande che in un certo senso equivalgono a un certificato di morte di tutta una tappa della mia vita... Bella era bella, la m'è piaciuta de primm intro, non lo nego: le ciglia nerissime, come i capelli, occhi da egizia; e quel suo nome, Zaira, che nel suono si situava tra Salgari e *Le mille e una notte*, da farmi sentire un misto tra Aladino e Yanez. Busiarda, sfacciada, viziatella, davanti il miele e dietro il fiele, ché al so mica quante corna la m'ha faa, anca dopo che l'era nata la Milena. Eppure fra tutte ho sposato proprio lei. Perché? ditemelo voi... Sapevo che mentre ero al lavoro mi tradiva cont on macacco che le se intorniava adree. Masticavo bile, stanch de fà rid ai mè spall anca i pollín e de quistà rogna de grattà ogni dí de pü.

Ché un uomo farebbe bene a non sposarsi. Tanto di salute guadagnata. E ai fiolítt, quando gli vengono le prime smanie della stupidéra, bisognerebbe fargli recitare tutte le sere la famosa preghiera del giovinàsc: «Oh Signôr pater noster, fate che io non m'innamori; o, se m'innamoro, che io non mi ammogli; o, se mi ammoglio, che io non sia becco; o, se son becco, che io non me ne accorga». Ché il problema con la Zaira non era tanto il bocconaccio amaro delle sue tresche, quanto il fatto che mi cornificasse corampòpulo...

E io, anche se col mal di fegato, la sera a casa continuavo a tornarci. Per semplice inerzia. Con la Zaira che la sifolava parole melate, come se io fossi stato on pollàster che se ghe fa pio-pio:

Ti ho preparato l'asciugamano pulito, cosí ti fai una bella doccia.

E io:

Oh, grazie...

Mai avuto il coraggio di dire: Mettitelo in quel posto il tuo asciugamano pulito, ché l'unica cosa che voglio è spaccarti il muso, brutta impostora, a te e a tomà – la sciôra Tintimiglia con la scüffia e la mantiglia – che ti regge il moccolo e la savaría fà mangià la pastina in brodo anca al diàol...

L'inerzia però a lungo andare non fa bene alla salute: è inevitabile, una legge fisica. Eccosí mi ammalo: pensavo fosse 'na polmonite presa per il troppo ballare, ché la Zaira quell'estate non faceva che intizzare liti e mi metteva il muso se la sera non la portavo in balera... Invece m'hinn s'cioppaa i tubèrcol. E quella fu la seconda fuga. Dalle corna. Mí son faa inscí: c'è chi lotta e c'è chi scappa; e io non son nato col cuor di leone, piuttosto di rattoncello spaurito che si ritrae coi barbís mogi mogi. Eccosí ho passato piú di due anni in sanatorio, lei mi scriveva delle letterine dolci dolci; e io mi sentivo rinascere ché quand el còrp el se früsta dísen che l'anima la se giüsta... Pura illusione: uno pensa che i guai stiano risolvendosi, ma l'è come el mejoramènt del punt de mort, ch'el vœur dí che l'è in brusa de sbottí on malànn col segond de contrafòrt, e on terz de fœudra, e on quart de guarniziôn... Pòer Bongee che son mí. Cosí, quando sono uscito, la Zaira era diventata all'improvviso lontana, trovava da dire su tutto, ché erano anni di cinghia stretta, dato che non ero iscritto al fascio e negli empori, se non ti presentavi con la tessera annonaria in una mano e quella del partito nell'altra, ti cacciavan fuori. E toccarla nisba, gnanca sfiorarla, ché l'era sémper marchesata di sò ròbb: marchesín, marchesôn e marchesonôn... Poi un mattino m'ha lassaa un biglietto di «non mi torni a vedere piú» e l'è sparita con la Milena. Si è trasferita a Gorla e non voleva neppure che andassi a trovare la bambina. Ché quando me son presentaa a domandaghi i motivi, di reticenza in reticenza la m'ha ditt cont ona certa rabbietta tra carne e pèll che ci aveva paura della malattia, che magari non ero guarito del tutto, e avanti con quelle bizze; ma la verità vera l'è questa: che, mentre stavo in sanatorio, si era messa cont on bell tòcch de marcantòni ch'el faséva 'l magazziniere alla Gondrand. Da lassàm scorlii.

Inscí, 'na notte di rabbia e di troppi bicchieri, finisce che m'impizzo peggio d'on azzalín bresciàn e mi metto a sbragià in un bar:

Porca Italia!

Dimodocché un Vostronore, in nome del popolo turbato e del Gran Pelato di Roma, mi manda per due anni al confino.

Che anche questa sia stata una fuga per sottrarmi al rodimento della gelosia?... Quel tal dottorone di Vienna forse direbbe cosí. Ché son buoni tutti a pontificare sui motivi di un naufragio, mentre al sicuro nel sò porto guardano i cavalloni furiosi e i disgraziati che vanno a fondo tentando di aggrapparsi a una trave marcia... E l'unica cosa che il Dante sa l'è che le scelte che contano maturano al buio, lentamente, anche se appaiono repentine; e spesso prendono una direzione opposta a quella che coscientemente vorremmo sostenere. Come se noi fossimo assenti o in uno stato di ottusità mentale. Ché lo spiega bene il Padre dei poeti:

Com'abbia faa a trovamm in quell brutt sid,
no savarev mò nanch tirall in ment:
soo che andava e dormiva, e i coss polid
in sto stat no je fa in suj festin
squas nanca i sonador de viorin.

Ché il cammino delle decisioni, coi suoi umori, somiglia a quello di un liquido che coli per materie assorbenti – uno strato di terra, un tampone di cotone – impregnandole, deviando di qui e di là, prima di stillare la goccia finale. E l'intelligenza serve appena a capire che a quel punto se pò pü tornà indree.

Si tormenta il Dante, rievocando il passato, scena dopo scena. Ché la sua visione del mondo l'è un po' püssee tragica di quella del dottor Freud: ché la vida la sumèja a una bolgia piena di merda dove ogni uomo si ritrova in punta de pè e con la cacca a fil di bocca. Ma il peggio l'è che sta merda non riposa mai, tal quale ne l'arzanà de' Viniziani: al minimo gesto, alla minima parola, sta fogna lurida fa le onde, la merda scivola per tutti i buchi dentro il corpo del poveraccio e te riempíss fin giò nelle busecche...

L'unico periodo relativamente tranquillo della sua vita l'è stato quello della libreria col Biraghi. Ma anche lí la malasorte ci ha messo lo sciampino: il Biraghi non ti va a morire d'un colpo? Come uno di quei televisori che fondono nel bel mezzo di un programma: plop, le voci si spengono, lo schermo diventa nero con solo un puntino di luce piccolo piccolo al centro, che scompare nel giro di qualche secondo... Della loro società in affari non c'era niente di scritto: formalmente tutto il negozio era intestato al morto. Cosí i due nevœudi del Biraghi – piœucc, giavàn, merdoni, carogn, facc de palta, deficienti, strozzini, tangheri – decidono di vendere la libreria. Il Dante ricorda ancora il mattino che suonarono al campanello: c'erano i due eredi a visitare il negozio insieme a un possibile compratore, un signor Comesichiama in cappotto di cammello, anellone al dito, che si guardava in giro schifiltôs, passava il dito sul dorso dei libri e diceva che voleva sbarazzare tutto per impiantare una boutique. Ché il Dante si era sentito in bocca un sapore violento e sconosciuto, la voglia di mordergli la mano e veder schizzare sangue.

A quel punto al Dante cosa rimaneva? Cercare un lavoro da dipendente? O servi come servo o fuggi come cervo. Cosí, persa la libreria, aveva messo in piedi una bancarella di libri usati. Basta e ribasta e tribasta:

mèttigh sü l'oli d'oliva
che la robba l'è finida.

Ennò che l'è mica finita. La smette mai di montare, la merda. La Malemérita mi porta a San Vittore per una faccenda di tette e culi. E, passate le piú sottili crune del giure, mi assegnano tre anni di pianti e stridor di denti. Dannato stramaledettissimo paese di gesuiti... Poi, quando mi mollano da via Filangieri, tento di ricominciare ma mi scontro con tante porte chiuse: c'era gente che mi sfanalava addosso certi occhiacci, che si stupiva che io mi comportassi come se niente fosse successo. Per la mia logica personale, in effetti, non era cambiato niente: avevo offeso la pubblica morale, ai sensi della legge ero stato punito, avevo scontato la mè pena, sicché per me la cosa l'era liquidata. Ma per molti altri, no; e me lo facevano capire in tutti i modi: cambiavano strada per non incrociarmi, fingevano di non conoscermi, sti grass de rost... Ho capito che non c'era nessuna possibilità di tornare a tenere la mè bancarella di libri: licenza revocata. Cosí una notte ho abbandonato tutto, finendo per arenarmi – ultima fuga – nel dormitorio di Bande Nere, tra i falliti compàgn de mí. È stato cinque anni fa.

Che mi domando e dico: cos'ho mai fatto nella mia vita, oltre a scappare? Il Dante sorride tra sé mentre prova a rispondere... Ché se la vita la fosse un catalogo, potrebbe scriverci: andato in guerra, dato lezioni, emigrato, sposato, diventato padre, ammalato, confinato, letto libri, scritto quatter patanflànn di poesie, viaggiato di notte su un camion per un sacco di riso e una tolla di latte condensato da portare alla Milena, urlato per i bombardamenti, gridato d'allegria nel sole di aprile, venduto libri, perduto il lavoro, finito sotto processo, ben pistaa in la pirotta, camminato... Insomma, una lista lunga, e non sempre di faccende volgari. Ma di tutto questo nella borsa «degli Avanzi» resta solo qualche foto, un nastro sgualcito, una spilla di argentone a forma di farfalla, un paio di ritagli di giornale, un opuscolo ottocentesco sulle «classi pericolose», una mutanda di lana un po' cribiaa dai càmol, una vecchia pipa, un quadernetto di pensieri spettinati che potrebbe intitolarsi *Come son diventato Nessuno* oppure *Storia di un'ostrica che non è mai riuscita a fabbricare la perla*... tutti barlafüs destinati a finire uno di questi giorni insieme al Dante: in pasto ai vermi – ipotesi umile – o ai corvi – ipotesi romantica – o agli avvoltoi – ipotesi eroica – o ai piccioni – ipotesi terratèrra.

Il sole è calato, finalmente un po' di sollievo. Ma il Dante si sente stanco, meglio fermarsi qui ancora un po'. L'unica cosa che dà fastidio son le zanzare: è l'ora peggiore, le otto e mezzo, vien buio appena appena. L'ora blu come dice il Petre, il sò amico romeno. Brava persona, pittore senza genialità ma onesto; di questi tempi, in cui l'è rar el brœud, si arrangia a dipingere icone falsantiche di santi. Al pensarci, il Dante sorride, ché a scuola dei preti si è riempito i maroni con il miele e la retorica delle storie di certi luganegoni che sgarzòtten in paradís perché ci avevano in mano la carta del giglio. Per fortuna il Petre dipinge gente piú simpatica: eremiti capelloni e martiri umoristi: come san Lorenzo che 'l gh'ha i ciapp sul fœugh eppure sbrotta nò, anzi dice ai carnefici che l'è ora di rosolarlo dall'altra parte; oppure san Pasquale che, costretto nelle cucine del sultano a cucinare con le mani legate un gallo vivo, si mette in ginoggiôn a pregare dimodocché il pollàster si spenna da solo, si cava le interiora e salta nella padella in de per lü...

Si toglie di tasca delle cicche che ha raccolto per strada e comincia a prepararsi una sigaretta.

È la seconda volta che la guardia passa di qua e gli lancia occhiatacce. Al Dante non resta che alzarsi dalla panchina e muoversi: facciamo trentun deggià che èmm faa trenta. Potrebbe andare dal Professôr: c'è stato un paio di settimane fa e lui l'ha invitato a tornare quando ne avesse avuto voglia. Ché il Professôr l'è un tipo simpatico: un sessantenne che fino a qualche anno fa lavorava nell'ufficio statistiche di una grande industria: una vita di numeri, con la consapevolezza crescente che gli altri ci avevano la coscienza fada a calzetta, per cui non cercavano la verità ma soltanto risposte che non dessero fastidio a nessuno; poi è morta somà, gli è venuta la depressione, ha cominciato a riempire le relazioni con dati inventati, finché è finito per un paio d'anni in una clinica di lusso, un villone di parquet lucidi e grandi specchiere che quadruplicavano la già paurosa vastità dei corridoi... Una volta ha accennato al Dante l'oscurità di quel periodo di malattia:

C'era un ricoverato, piú giovane di me, artista di certa fama, che passava le giornate incrosciaa sul pavimento, cercando di afferrare la propria ombra per terra. Il medico però, on balanzôn di mè sciavàtt, mi spiegava che il mio caso era tutt'altro, che la mia testa s'era ingrippata solo temporaneamente, che la chimica miracolosa di certe pillole prese con costanza mi avrebbe consentito la vita tranquilla di prima. Ma io ho capito di avere incontrato il Male, quello vero, quello con la maiuscola...

Quando l'hanno dimesso, come poteva tornare al sò ufficio, alle sò statistiche, e dimenticarsi che esistono esseri umani che passano la vita schiacciati dal compito di staccare la propria ombra dalle piastrelle?... Ha mollato tutto e si è fatto invisibile tra i lingéra. In un angoletto di terra di nessuno, a ridosso della ferrovia, ha messo in piedi una baracchetta riempiendola delle sue poche cose. Sistemazione singolare, ché su ogni oggetto ha appiccicato una strisciolina di carta con un nome di donna: Anna, Mariafranca, Alberta, Marisa, Gemma, Lodovica, Cristina, Tognetta... Dimodocché il tavolino è la Luisa, il fornelletto a spirito la Carmen, il finestrino è l'Adele e lo straccio che lo ricopre a mo' di tenda è la Rosaria: il catalogo è questo... Ché della vita di prima lui conserva solo i nomi delle donne che gli sono piaciute: cos'altro vale la pena?

Ma tu te le ricordi proprio tutte?

Certo che le ricordo.

Presempio, questa qui, Isabella...

Lavorava in una gelateria.

E quest'altra, Patty?

L'ho incontrata in ascensore.

E sta Fiorella?
La domenica cantava al balcone mentre stirava.

Un uomo annaffia con una lunga canna di gomma due vasi di gerani rinsecchiti. Un sale e tabacchi con la clèr abbassata. Dalla porta aperta di una fiaschetteria, odori di leccardaríe che inquietano le trippe. Un gatto narciso si stira. La frescura sale da uno stretto finestrino di cantina, a livello del marciapiedi: sa di muffa, di ragnatele e di ratti che corrono. Se la fiuti lungamente, t'illumina un mondo di memorie: i palchetti delle bottiglie impolverate, il salame d'oca appeso a un gancio della trave, la moschirœula con dentro un garôn di tacchino.

Una fontanella nera, di quelle che vengon chiamate «vedove», con in cima un mascherone che tiene in bocca un cannello: il Dante preme il pulsante laterale in ottone e si china a bere al filino smunto d'acqua che ne sbroffa fuori; poi si asciuga il mento col dorso della mano.

Piú in là uno strato di catrame recente manda un odore acre: un nero lucido e infido, molle sotto i passi. Attento, Dante, sta' alla larga.

Guidato dal suono di una fisarmonica, il Dante gira il cantone. Sotto la pergola accanto al circolo «Libertà», sta il Gazzella, un senzagambe che il Dante ha incontrato spesso a suonare agli angoli delle strade con un repertorio di mamme in gramaglie, capinere a mezzanotte, care piccine e balocchi... Fa una certa impressione guardarlo sulla sua tavoletta a rotelline: pare venir su dal marciapiedi come da una botola, un Farinata nanetto con le gambe imprigionate sottoterra. Oggi, con la sua bella voce da tenore, canta:

Il tredici d'agosto,
in una notte scura,

commisero un delitto
gli agenti di questura.
Han ammazzato un angelo
di nome la Rosetta,
era di piazza Vetra,
battea la colonnetta.

Ohèla, 'l mè Gazzella, ma lo sai che ai mè tempi questa l'era 'na canzôn proibida?

Epperché? Mica l'è sconcia.

Certo che no, ma dicevano che l'era contro l'ordine pubblico: che le regie guardie ci facevano una brutta figura... Mí, quel fatto lí della Rosetta, me lo ricordo: séri on bagàj. Lei l'era 'na tôsa che stava di casa dalle parti del Carrobbio: la cantava in un caffè-concerto dietro piazza Beccaria, e l'è diventada famosa con una canzonetta che s'intitolava *Scarlíga*. Poi, a tempo perso, dicono che facesse anca il negozio della passerina, ma quello l'è il destino di chi l'è figlia del niente o del molto poco.

La faccia del Gazzella cola sudore. Mugugna, si gratta un'orecchia da cui sporge un cespuglietto di lunghi peli scuri, poi il collo irto di vene. Infine passa a sfregarsi quello che resta delle gambe mozze; sospira:

Pizzíga. L'è semper inscí quand 'l vœur cambià el temp.

Essí, oggi c'è afa, non dirlo a me, ché on òmm da settant'ann l'è sémper maraa anca quand l'è san.

Stavi dicendo della Rosetta.

Giusto... Succede che una sera d'agosto la stava col sò amante dentro un'osteria, 'ndôe andavano tutti quelli che nella malavita ci sbirbavano, perché sia 'l sofradèll sia 'l somoròso eran due gratta-gratta. L'éren lí a fà i sò spassi, tranquilli perché c'era sempre uno per strada che faceva il palo e avvertiva cantando:

Tíret dénter che non gh'è dübi,

che voleva dire che la situazione l'era liscia tame l'oli. O al contrario, quando si approssimava una guardia:

Alza la gamba che i vègnen de fœura.

Ma quella sera lí, porco sciampín, il palo era bevuto. Inscí, a l'imprevista arrivano i ciappa-ciappa. Chi scappa de lí chi scappa de là, lei è rimasta con il fratello che l'era zoppo e mica poteva squagliarsela... L'era bella, la Rosetta: io ho visto la fotografia sui giornali. La bocca carnosa, quasi sfacciada, le sopracciglia ben marcate, braccia paciaròtt da morsicarle: un po' come la Ines, quella biondona che bazzicava le colonne di San Lorenzo fino all'anno passato.

S'è sposata con un impiegato delle poste, ma lui l'era on gelosàsc come on gatt soriàn e gh'ha daa ona cortellada.

Non mi dire. Le robe di sto mondo balòss. Ona bona crappetta inscí che se mett cont on gelosôn... Ché dicono che la natura l'è d'ona saviezza esemplare e la sa come regolarsi. Falso. La natura l'è né savia né tonta, fa solo quel che la pò e la va a rimorchio della vita di ciaschedún. E s'ciào.

Allora la Rosetta?

Già, la Rosetta... Te dèvet savè che c'era una guardia, on musôn bassitalia, che alla Rosetta le voleva cantare la canzone dello stallone, ma lei gli aveva sempre risposto picche. Combinaziôn, tra le guardie che quella sera circondano lei e sofradèll c'è proprio lui, che ricomincia a inzigarla:

Se passi la notte con me, io ci faccio mettere una pietra sopra e lascio libero tuo fratello.

E con questo lui pensava d'avègh già l'œuv sòtt alla polla.

Al che, lei pianta sui fianchi le mani poggiandole alla rovescia e gli risponde:

Piuttosto che andàgh insèmma a 'na guardia a voo sotto 'l tren.

Allora quell porch fottuu s'è messo a gridare:

Avete sentito cosa ha osato rispondermi sta vacca? Oltraggio a pubblico ufficiale!

In quattro e quattr'otto han tirato fuori delle daghe e giú botte da orbi, che non ti dico. E, una volta che lei è caduta per terra sotto le piattonate, hanno continuato; infine l'hanno caricata su un brum e l'han portada in questura per continuàgh il trattamento. Risultato, il mattino dopo l'era bell'e morta.

Oh Signôr... E allora?

Allora la questura manda fuori un comunicato che 'l dichiara che si tratta di un suicidio: s'è uccisa con un paio di pasticche di sublimato corrosivo. Roba che non stava né in cielo né in terra. Altro che suicidio! L'avéven massacrada: ci aveva il corpo coperto da lividi, la pancia sfasciata a furia di pedate. L'«Avanti!» ha subito cominciato a sollevare dubbi sulle dichiarazioni della questura. Hanno anca aperto un'inchiesta, ma Lor Signori al sò solito han messo a tacere tutto. Ché di panzànegh ne han contate di grosse: che, sacranôn, la causa della morte era da imputare alla sifilide... Poi, non potendo negare i segni del pestaggio, si son inventati che i lividi glieli aveva procurati il fratello... Son maestri nelle botte da cosacchi, quelli della questura; e campioni a presentarsi come innocenti.

Intona il ritornello della canzone, sospira:

Pòdi nò cantà. Te sèntet come son ràoch?

Si snebbia gli occhi con l'indice, poi si fa di nuovo pensieroso:

Dovevi vedere la quantità di gente che l'ha compagnada al cimitero; il carretôn dei morti coi nastri bianchi, la banda «Giuseppe Garibaldi» che seguiva la bara. Io stavo con mepà Mili sull'entrata della rimessa di porta Volta, doveva essere il '13, perché mepà l'è morto all'inizio dell'anno dopo. I tranvieri hanno lasciato il lavoro e si son riversati sul portone insieme agli operai della Edison, che stava lí vicino. Ricordo che la gente la vosava, protestava; gli operai ripetevano come un ritornello:

Questura as-sas-sina! Questura as-sas-sina!

E sofradèll gliel'ha giurata alle guardie, che l'avría faa la vendetta, ma poi l'han ciappaa, l'hann portaa a Mombèlldei-matt e l'è venuto fuori piú. Capito, 'l mè Gazzella, come va il mondo?

L'altro scuote la testa sospirando. Poi fa segno al Dante di aspettarlo e, alla velocità permessagli dal suo trabiccolo a rotelle, spingendosi con le mani, percorre il breve tratto che lo separa dall'ingresso del circolo. Con un movimento squinternato da goffa tartaruga. Il Dante lo vede scostare la tendina di plastica dell'entrata e intrufolarsi; ne esce poco dopo, seguito dal gestore con in mano due bicchieri di bianco: uno lo consegna al Dante, l'altro lo poggia per terra a portata di mano del Gazzella.

Oh lerí lerài, quasi on brœud de bislicchín: un biccér raso di vinello fresco. Si vede che gh'è on Dio anca per i ciocchi. Allora ci vuol proprio un brindisi:

Osteria numero trenta,
parapunzi punzi po',
portemm chí da bev 'na brenta...

E i due alzano il calice a un Dio bonario, non legato da nessuna parentela, né fisica né morale, con quello predicato dalla Bibbia: un Dio che sa ridere d'allegria e tollerare le umane fughe.

Adagio-Presto

Anche dopo che il Gazzella se n'è andato, il Dante rimane sotto la toppia del circolo: ogni tanto qualche socio diretto alla latrina gli passa allato lanciandogli un breve saluto: qui lo conoscono tutti. Ché per il Dante l'incomunicabilità – parola che adesso va molto di moda – è qualcosa di incomprensibile: lui è un vaso comunicante, che dà e riceve.

Sui muri del portichetto adiacente ai cessi sono appesi dei manifesti. Uno inneggia al Comitato di Lotta contro gli sfratti; un altro riporta la vignetta di alcuni sindacalisti-marionetta, i cui fili sono legati alle dita del ministro degli Interni che, comodamente seduto in poltrona, saluta ridendo a braccio teso. Affianco, un semplice cartello vergato con pennarello rosso: «I ciclostilati in proprio sono l'unico vero mezzo di comunicazione degli uomini liberi».

Sotto la toppia, dove l'uva la comincia a pinciorà, intorno a un tavolo di pietra, un gruppetto di uomini in camiciola. Bevono del bianco, fumano, buttano le cicche per terra o dentro il vaso di uno striminzito ligustro polveroso. Un piccoletto sta raccontando del proprio licenziamento:

Ma se ti giuro che non ho fatto niente di niente! L'è andada inscí. Il padrone della fabbrica l'è un ducetto, un vero resiàtt, te lo raccomando. Per lui gli operai son tutti dei lavativi che marcano visita per un raffreddore o un graffietto da niente. Quando fa l'ispezione 'l te boffa in del cü e 'l vôsa che bisogna darci dentro:

Cosa credete? di essere in villeggiatura in Riviera?

E dovreste vedere come 'l se lassa andà de la birra con le operaie: le chiama tutte slandre e bagascione... Massí, abbiamo scritto al sindacato e indovina il direttivo cosa ci risponde: che il caporeparto tal dei tali ha promesso di «investigare sui casi esposti». Come dàgh a la gatta de curà el lard... Allora decidiamo di andar da lui in cinque, a far le rimostranze, perché aveva fatto piangere ona tôsa; e sto faccia de palta tira fuori la rivoltella, pim pom pam, manda uno di noi in ospedale con il braccio rotto. Risultato? Come el formàj sui maccarôn: ríven i caramba, interrogatorio, chi sèmm, indirizzo, idee politiche... Insomma a lui nisba, neanche la minima accusa; invece noi cinque delegati ci hanno accusati di violenza privata. E, per soprassello, il licenziamento. Ma non è finita ancora, qui viene il bello: il sindacato ci ha radiati tutti e cinque, hanno detto che, i cani sciolti, loro non li difendono!

Un omone grande e grosso, con baffi alla Peppone, scuote la testa:

Tu dimentichi che la lotta è delle masse. Che i colpi di testa isolati non hanno mai dato nessun frutto.

Il piccoletto imprecando ribatte che mica si tratta di colpi di testa; che comunque il suo non è un caso isolato e che i sindacati promettono maremàgna ma poi se ottègn nagòtt; che Milano sta diventando ona vera marsciüra.

Una parola tira l'altra, il discorso scivola inevitabilmente sulle bombe di questi ultimi giorni:

Ròbb de matt: dodici, dico dodici, attentati dinamitardi sulle linee ferroviarie nel giro di ventiquattr'ore. Uno l'abbiam sventato proprio qui alla stazione Centrale: 'na savonetta di un etto di tritolo nello scompartimento di un direttissimo. Ci pensate? Poteva essere 'na strage. Ché mi va il sangue in acqua ogni volta che mi viene in mente... E ci hanno dato la colpa agli anarchici, quando è evidentissimo che l'è roba di fasci.

Qualcuno si mette a canticchiare:

Eppur la nostra idea è solo idea d'amor...

Be', se anche credessero che l'anarchia la c'entra cont i bomb, lo sanno anca i bambini che, i quattro gatti che sono gli anarchici, non ci hanno l'organizzazione da poter far saltare i treni di mezza Italia.

Non dirlo neanche per scherzo.

Comunque a Lor Signori importa mica che sia vero. Basta che quei margniffoni dei giornali e la cricca della televisione si mettano a imboraggià i mondaghítt, che ogni martarèll apre la bocca e la manda giò: il mondo l'è pieno di zifolòtt de menta... Intanto seguítan a ratellà, l'hann fada cred... Mi sento tame on ratt dinanzi a on gatt.

Un quarantenne, con una testa di peli radi ma ben sistemati e tirati sulla fronte, sbuffa:

L'è sempre la stessa storia. Tutto come la va, e ciàppal in del cü.

Gli ribatte un giovane con la voce terrona e gli occhi infogolént dietro gli occhialetti da talpa:

Bisogna respingere la provocazione che la stampa borghese ha montato. Tappezzare la città con volantini di controinformazione...

Menatorrôn, tègn da cont el fiaa, ché il circolo non ci ha piú carta. La cassa l'è vuota. Niente danee, niente carta.

L'ultimo a parlare è stato il piú vecchio del gruppo, le palpebre spesse e rugose, come quelle dei tacchini. Si chiama Lampo e il Dante lo conosce dalla fine della guerra, quando erano vicini da casa.

Agost, giò 'l sole l'è fosch. E infatti tuona. Venisse il temporale, almeno porterebbe un po' di sollievo.

Carolina, varda varda
come sguizza la saetta,
che tronada malarbetta!

Dall'ammattonato del portichetto viene odore di candeggina. Che svogliatezza stasera. E la tua testa che macina echi, idee che fanno a pugni, stupide sciarade della memoria.

Ma, secondo te, le bombe chi le ha messe?

I carabinieri.

No. A mè parér de mí, l'è la polizia dei servizi segreti.

Il problema l'è minga chi le ha messe. Il problema l'è: perché continuano a metterle.

Il Lampo stringe gli occhi e, con l'indice alzato, borbotta:

Stanno facendo delle prove.

In che senso?

Ma è logico, provate almeno una volta a ragionare. L'ordigno l'è sempre lo stesso, cambia solo il contenitore: prima, ad aprile, hann usaa ona cassa de legn, tipo sigari; poi hann provaa cont ona scatola de latta; adèss ste casse metalliche da muniziôn, roba todesca... Stanno facendo delle prove, vi dico: e màchina che te màchina, quando avranno trovato il materiale giusto, magari 'na bella cassetta di quelle portavalori superinforzaa, bômm, vedrete che botto.

Le parole del Lampo raggelano tutti. Ché qui nessuno si sogna di mettere in dubbio quello che dice, perché lui ha fatto la Resistenza, ha esperienza di guerra e di bombe. Uno avanza la sua ipotesi, timidamente:

Comunque l'è gente che viene da fuori; dico bene, Lampo?

Può anche darsi. Ma di sicuro i complici ce li hanno qua. Anca in ferrovia.

E te come fai a saperlo?

Te l'ho già detto. Ragiona. Bisogna marcà questo: ci deve essere per forza un locale, magari un ufficio, non lontano dall'obiettivo, un posto dove in tutta sicurezza si può preparare la bomba, manipolarla in segrèt. Mica te pòdet fàll in automobile o pes'g anmò in del cèss de la staziôn. Un locale assolutamente tranquillo, ci vuole. Per tegní l'operazione nascosta. Ma bisogna che sia vicino vicino: inneschi la bomba, il timer parte, chiudi la scatola, ci hai un'ora di tempo e devi calcolare anche i possibili contrattempi. Ragion per cui, se piazzano una bomba in Centrale, i complici li devono avere tra i ferrovieri.

Il Dante sta seduto e si fa vento con un foglio di giornale. Allunga la mano a strappare un filo d'erba che spunta dall'ammattonato, esamina la lunga forma a lancia rigata da linee sottilissime, ne prova sulle labbra la ruvidezza, il sapore salato; e ne resta pensoso. Essere un filo d'erba; o, ancora meglio, un sasso. Qualcosa di immobile, che resta uguale a se stesso. Una quiete perpetua.

Hanno acceso le luci sotto il portico. Con un colpo di lingua il Dante sposta tra le labbra il mozzicone spento e umido di saliva. Un nugolo di insetti balla la rumba intorno alla lampadina sopra l'entrata dei cessi. Chissà come la sarà la vita di uno di questi moschini. Non dovrebbe essere tanto complicata: non votano, non hanno bandiere, nessun problema col fisco, né dilemmi erotici, niente chiese né tribunali, solo la tranquilla lotta per la vita, come ben diceva l'Ippoglòss.

Il piú giovane aspira boccate nervose, parlando a scatti:

Comunque il punto è esaminare a fondo le contingenze storiche...

Ma com'è che te parlet tí? Se capíss nagòtt!

Volevo dire che quello che sta avvenendo tra sovietici e cinesi...

Va' a dà via i ciapp, tí e i tò cinesi... Ché gli studentelli come te sono abituati a mangiare l'uva sbucciata, invece noi stiamo parlando di bombe vere, di quello che sta capitando qui a Milano. Capito?

Il Lampo si liscia i baffi e comincia a caricare la pipa:

Làssam parlà a mí, che ho faa la Resistensa: «che un pensiero ribelle in cor ci sta». Ché, tegníll a mente, quelli del mio gruppo col cavolo che hanno consegnato le armi, quando ce l'hanno ordinato dopo la guerra. Te se rigòrdet, Dante?

Certo che il Dante si ricorda. Era l'epoca in cui nelle sedi delle organizzazioni operaie le perquisizioni erano frequenti e i caramba trovavano di tutto: parabellum, sten, mitra, bombe. E il Lampo adesso si mette a raccontare di quella volta che aveva chiesto proprio al Dante il favore di aiutarlo a farne sparire un certo quantitativo:

Detto fatto, le mettiamo in due sacchi e prendiamo il tram, diretti in un posto di periferia che avevo già individuato. So mica quanti viaggi abbiamo fatto, neh, Dante... E qualche volta ci siam presi una scaggia; come quando in Porta Romana ci ha fermato un ghisa, ma tí con la tôa lappa l'hai condito su bene. O quell'altra volta che uno dei sacchi si è rotto, si vede che l'era troppo pieno e a un certo punto ci accorgiamo che dal buco spunta la canna di un mitra. Fortuna che nessuno ci ha visto, o se ha capito ha voltato la testa dall'altra parte. Tutta roba che alla fine abbiamo chiuso in vari sacchi impermeabili, confezionati ben bene, e buttati in un pozzo, so io dove. Sono ancora là, basta andare a prenderli: ché se con queste bombe Lor Signori ci stanno preparando ona trappola de ratt, noi dovremo rispondere...

Arriva il gerente del circolo con una grossa anguria sottobraccio e nella destra on cortèll mezzano. Un taglio netto e in un attimo il frutto è lí, rosso e bell'aperto: fa allegria agli occhi. La paura delle bombe si slontana per un po'.

Compagni, pensiamo a questa nottata dolce, sta ingüria con cui si mangia si beve e si lava la faccia, sputando i semi. Ona bella impienída. Mangia bev e caga, e lassa che la vaga.

Gli altri hanno appena finito di cantare *Bella figlia dell'amore*; ora attaccano con *Ma mí*. L'è tardi comè, pensa il Dante. Meglio cercarsi un posticino per la notte.

Ciao, gente.

Ciao, Dante, e pèrdet pœu minga in la pòlver.

Le vie deserte.

Da una finestra aperta la voce della tivú predica che la vita è tutta una lotteria.

Una donna chiama:

Is-è-e-e-epp!

Fantasmi ai davanzali e sui balconi spalancati, a godersi il fresco del feroce paradiso di questa Milano di cemento, senza verde, senza lucciole, senza grilli, solo moschini impazziti contro lampadine folgoranti:

Amor de novità e 'l guadagn balòss
suberbia e dismisura han generada,
Milán, in tí, ché te gh'hee giontaa i oss...

La voce di prima insiste:

I-i-i-sèpp!

Varie risposte spazientite; quasi un coro berciante:

Va' on poo en calicütt!

Mòccala!

L'è ora de dormí!

Due ragazze in jeans masticano gomma cont ona bocca schivietta, gonfiando palloncini con pensieri da fotoromanzo. All'ombra di un palo una coppia di innamoratini, quando i fari di un veicolo li investono, restano estatici in gesti bloccati, finché passata l'auto si riallacciano. Beati loro che han qualcuno da stringere.

Presto

Avanti, tenendo il bastone come uno scettro. Sei un re senza regno, senza regina e senza eredi. Aria pesante, Inquietudine. Ché un tempo si diceva: Milanés, pissa vun pissan dés... Ma adesso tutto questo parlare di bombe e intrighi ti ha messo i sciattítt in del vènter. Camminando, gli occhi ben aperti per vedere se in qualche angolo possa scoprire qualcuna delle forze oscure che agitano le Malebolge della città.

Ripassi vicino a una delle case dove hanno abitato le tue zie: un cartello ne annuncia il prossimo abbattimento. Ti sembra di toccare con mano il passare del tempo, il minuzioso lavorio degli anni sulla vecchia costruzione. Una volta i giorni non avevano ore, adesso le ore sembrano giorni. Adesso tutto cosí triste e questa strana sensazione di un'incredibile lontananza. Adesso come se Milano fosse una pura eventualità... Ti metti a sacramentare a piena voce. Ti sentissero le zie, pianterebbero giú un vero coro di lamenti non meno costernati di quelli delle Troiane alla vista delle spoglie di Ettore trascinate nella polvere:

Oh, che volgarità. Chi sa da dove le tira fuori certe parolacce. Propri vera che la razza prima o poi viene a galla, e se uno è un bastardello...

Se guardi indietro, stupisci di esserti accorto con tanto ritardo della tua diversità di esposto adottato. Da bambino le frecciate che ti rivolgevano ti sfioravano appena, sbiadivano di fronte alla torpida soddisfazione di esistere che è la sostanza dell'infanzia. Sentivi quella definizione di trovatello come qualcosa di oscuro, quasi di estraneo. Un grumo chiuso nel petto, che ritrovavi in un groppo in gola solo davanti alle zie... Ti chiamavano:

Vieni un po' qui!

E tu mettevi da parte i giochi o i compiti, ti alzavi dalla tôa poltroninna e andavi al loro tavolo volutamente adagio. In silenzio ti lasciavi controllare le tasche – quella fissa della zia Netta che tu rubassi lo zucchero... – poi, quando loro avevano finito di esaminarti ben bene, te ne tornavi al tò posto di proposito a passi lenti, covando l'odio per quella parola – bastardello – che avevi sentito sussurrare.

Bastardo. Come i cani... La notte, se non trovavi subito il sonno, la fronte affondata nel guanciale che tenevi stretto fra le braccia, scoprivi l'amarezza. Era l'epoca in cui ti avevano regalato un randagino a cui avevi dato il nome di Sandokan. A volte avevi l'impressione che quel cane fosse una cosa sola con te e conoscesse ciò che provavi.

Lo assale all'imprevista l'immagine del cagnetto che l'ha accompagnato nei suoi pellegrinaggi per Milano negli ultimi tre mesi: coda di topo, orecchie basse, occhio sguercio, andatura furtiva... Un paio di settimane fa l'hanno catturato i municipali. Ha visto il furgone delle guardie che se lo portava via. Non è stato facile raggiungere il centro di raccolta. Gliel'hanno mostrato in una gabbia e gli han chiesto se il cane era proprio suo; e dov'era il collare; e come si chiamava.

Il Dante ha protestato, dicendo che un essere vivente non può essere proprietà di un altro; e che di nomi non si è mai sognato di dargliene, lo chiamava semplicemente Cane. Eppoi ha tentato di spiegare che comunque non si trattava di una bestia abbandonata: stava con lui, si metteva pancia all'aria a farsi grattare lo stomaco, ed eravamo contenti tutti e due... E ha ribadito che ogni uomo, anca un barbone, ha diritto a una sfera d'azione personale nella quale non è lecito che la municipalità ficchi il suo naso curioso.

Le guardie hanno scrollato le spalle col gesto irritato di chi scaccia una mosca:

È regolarmente vaccinato? Ha fatto i controlli sanitari?

Lui è cascato dalle nuvole. Controlli sanitari? Un cane nasce, mangia, cresce, muore. E, se non ha un tetto, vive per strada, come i barboni. Il Dante stesso lo fa, e nessun medico si è mai preoccupato di controllare la sua salute.

Ma quelli dàgli a insistere con certificati, timbri, tasse. Altrimenti non si poteva evitare l'esecuzione. Hanno usato proprio questa parola.

Il Dante se ne è andato via indignato, con l'affanno in gola. Per tante notti si è chiesto come abbiano fatto a ucciderlo. Povero Cane. Cosa avranno usato? Il gas? La scossa elettrica? Gh'avaràn daa la polpetta avvelenaa? O un colpo in testa?... A pensarci ancora gli viene male.

La Morte dice al Dante:

Ma cosa stai lí a piangere sopra una bestia e a rivangare ricordi. Tutte storie finite. Ché se la vita fosse un libro, adesso, caro 'l mè Dante, ormai sei all'ultimo capitolo. Ché spero tu non faccia come

'l pòer sciôr Gioànn
che l'ha faa nò 'l cont di ann.

Il Dante sospira, gli occhi velati dal dolore:

Se la vita la fosse un libro, ciascuno di noi 'l saría el scrittôr: e allora sí che ci sarebbe da strapparsi i cavèj, perché non possiamo correggerla né riscriverla meglio... E comunque a te che te n'infàla cosa sto qui a ricordare. Lasciami in pace. Fa' come se non mi avessi incontrato. Làssam stà tranquillo, l'è una cialàda morire d'estate, con questo bel calduccio. All'appuntamento con te c'è tempo: l'hai detto tu stessa che per me sceglierai una notte piú fredda delle altre, di quelle in cui la nebbia cancella il mondo e niente può far palpitare il cuore. L'hai promesso quando ci siamo incontrati la prima volta, quando son stato esposto sui gradini di San Simpliciano. Non vorrai mica rimangiarti la parola. Tu sei la Signora della ranza. Sua Maestà delle costoline secche. Non barare, almeno tu.

Nelle vicinanze c'è un gruppo di case abbandonate – una vecchia Milano deserta e solitaria – dove di giorno vanno i ragazzini a giocare a indiani e cowboy, ma la sera dà riparo a molti barboni. Il Dante vi si dirige stancamente.

Stanotte però le stanze sono affollate di larve scorbutiche, senza vincoli di giaciglio o di simpatia. Due ubriachi con voglia di attaccar briga si maledicono a denti stretti, dandosi gomitate e sputandosi addosso. Una vecchia, coricata con la testa su un paio di sacchetti di plastica gonfi di tutte le sue proprietà, è caduta in un sonno agitato e triste che la fa gemere. Un altro dorme a pancia in su, pesante, grigio, coi piedoni avanti come il Cristo morto che sta a Brera.

Spuzza di merde canine e non. Un piccolo falò di legna putrida. Piú in là lumini da cimitero.

Il Dante cerca un posticino per sé. In un angolo sgombro da fagotti umani, scosta con la punta dell'ombrello, che quando non piove usa come bastone, un vecchio giornale appallottolato: ne vien fuori una manciata di pastasciutta e una banana andata a male. Subito dall'ombra esce gridando un giovane tossico a torso nudo; con un fazzoletto sporco di sangue, infilato tra le braghe e il ventre: quegli avanzi sono suoi, guai se il Dante li tocca. Nell'urlo la bocca spalancata lascia intravedere i denti allungati dalla piorrea.

In fondo a un corridoio qualcuno con voce irritata chiede silenzio.

No. Non è proprio il caso di fermarsi qui. Corri, Dante, che è tardi, le carrozze si trasformano in zucche.

La morte di Cane, le bombe... Presentimenti oscuri. Meglio andare dal Professôr: è uno di quei momenti in cui si ha bisogno di un amico vicino. Uno sguardo al cielo: dalla nuvolaglia è comparsa la luna.

Casta Diva, che inargenti
Queste sacre piante,
A noi volgi il bel sembiante
Senza nube e senza vel.

Luna dove si perde il senno degli uomini, i distratti della vita, i cialtroni, i morti dello spirito. La ragione, sostanza eterea, gas compresso in vesciche. Il somnium di Keplero. Chiari di luna fatti apposta per gli innamorati, per le passeggiate notturne dove si gustarono le primizie dei contatti prematrimoniali.

Luna che, quando il Dante l'era piccolo, sembrava cosí favolosamente lontana.

Quanto è alto il re?
si domandavano l'un l'altro i bambini giocando nel cortile.

È grande fino in cima al pioppo.

Ma va' là!

Che ne sai tu! Mica l'hai visto.

Non l'ho visto, ma la prima volta che viene a Milano mepà mi porta a vederlo.

Mio fratello sí che è stato a Roma e l'ha visto. È grande fino al balcone, me l'ha detto lui.

È grande fino alla luna!

Cosí dicevamo. Ché non era concepibile un re gambacorta, doveva per forza essere piú grande di tutte le cose grandi: piú grande dell'ospedale, del campanile di San Simpliciano, del ponte della ferrovia. Grande fino alla luna. Certo. Naturale. L'uomo piú grande del mondo. Ché la maestra Peruzzi ci contò una volta che un milite, di quelli di guardia al sò palazzo a Roma, fu aggredito da alcuni anarchici che volevano fare la pelle al re, ma lui li bloccò lottando come una tigre e prima di morire scrisse col proprio sangue la frase VIVA IL RE. E ricordo pure che stavamo in un caffè del centro; mezía Nina insieme a un gruppo di signore eleganti a bere il ferrochina caldo. E io d'imprevista, come son soliti i bambini, chiedo alla zia se è vero che tutti gli uomini hanno qualche difetto. E lei ridacchiando mi risponde:

Sicuro che ce li hanno, e tanti!

E io allora:

Dunque qual è il difetto del re?

A quella domanda le signore aprono la bocca in un Oh! di sorpresa; mezía mi guarda seria e mi dà uno scappellotto sulla testa che mi fa quasi capitombolare giú dalla sedia. Ché un re, grande o no fino alla luna, non si critica mai.

Luna che getti il tacito seme della lunaticità che fa andare le teste in balôn, come ben sapevano Astolfo e la Marién:

Fa' nanín, bambin de cüna,
ché topà 'l patíss la lüna,
la tò mamma un po' de spèss,
fa' la nanna, bambin de gèss.

Ero ancora uno sbarbatello all'epoca in cui era appena morto mepà Míli. Mi sono aggrappato allo zio Virgilio. La sera salivo con lui su una torricella addossata alla casa: ai tempi dei tempi doveva esser stata un campaniluzzo, ma della chiesa non c'era piú traccia. La scaletta di legno era tortuosa, tre passi e svolta, tre passi altra svolta; arrivati in cima si sollevava una botola che poi si richiudeva e formava la metà del pavimento di quella che all'origine doveva esser stata la cella campanaria. Le quattro finestrelle della stanzetta si orientavano sulla rosa dei venti e mio zio le aveva munite di imposte cieche per ripararci dal freddo. Dal soffitto pendeva una carta del cielo boreale con le costellazioni, in oro e bianco sul fondo turchino per poterle distinguere facilmente alla luce della lanterna; su un tavolo stavano canocchiale, cronometro, bussola e barometro. In un angolo, c'era perfino il necessario per la toletta del mattino, nel caso si facesse tardi. Ogni notte si apriva un finestrino e si cominciava l'osservazione. Ché a quei tempi Milano era altra, con poca illuminazione e niente smog: il cielo terso, il silenzio completo, perché non si sentivano stridori di tram né rombo di automobili, al massimo il rotolío di un carro o la canzone di qualche nottambulo...

Luna patrona delle stranezze, dalle favole dei fratelli Méliès alle leggende che si son diffuse una decina d'anni fa quando i russi han cominciato a mandar nello spazio i sò trabiccoli, con le Laike e gli astronauti; e correva voce che alcune missioni spaziali le avessero tenute nascoste perché avevano avuto un esito desgraziaa. Circolava perfino la diceria che bastasse esser capaci di sintonizzare una radio a transistor per captare messaggi disperati – Ohé, mi sentite? C'è qualcuno in ascolto? Rispondete per amordidío... – naturalmente in russo, di un qualche Andrej o Fëdor o Ivan, condannati a girare per l'eternità intorno alla Terra senza poter tornare a casa dalle sò Nataše e Sonie e Grušenke.

Ma adesso che i mericàn ci sono sbarcati, non sarà piú la stessa cosa. Ché il mese scorso in tutti i bar c'erano i televisori accesi, perfino al Dante è capitato di sbirciarli:

Gentili telespettatori siamo collegati con Houston...

E sullo schermo appariva il centro spaziale affollato di tecnici sudati; la voce andava e veniva tra le scariche elettriche:

Qui centro di controllo qui centro di controllo, ci avviciniamo al grande momento. Occhèi Houston, ci teniamo pronti...

Il video mostrava una specie di piede di palombaro in primo piano, la navicella spaziale con le zampe da ragno, la prima orma.

La voce infervorata del giornalista proclamava:

Un piccolo passo per l'uomo e un salto gigante per l'umanità!

Ma quali salti giganti! Me ne impippo io del progresso: con la scusa d'andà innànz ci hanno sempre bidonati noi altri gandôla... Mericanate. Panem et circenses. Roba da sciôr Barnum che, a chi gli chiedeva le ragioni del gran successo delle sue messinscene spettacolari, rispondeva:

Soltanto l'uno per cento dell'umanità è intelligente. Io lavoro per l'altro novantanove per cento...

E, sforzandosi di approfondire le percentuali di tarluccàggine studiate dal sciôr Barnum, il Dante tira un gran sospiro e tentenna il capo, perplesso.

E poi e poi, il carro va dietro ai buoi.

C'è una piccola folla nella via che costeggia la ferrovia, vicino alla baracca del Professôr. Una volante di polizia, col lampeggiante azzurro. Il camion dei vigili del fuoco. Un'ambulanza a porte spalancate. Un odore greve di bruciato. Un brusio di chiacchiere:

La baracca l'era piena de carta strascia.

Un tipo strambo che parlava in de per lü...

Quando uno non ci sta con la testa...

Dicono che erano in tre, venuti da fuori, tre giovinottelli con la faccia da fasci.

Disen che lü l'era ebreo...

Ebreo giudé? Ma cosa mi dici...

L'è brusaa come ona torcia...

Il Dante ascolta questi brandelli di frasi, un brivido gli corre giú per la schiena. Istintivamente si porta la mano al petto, quasi volesse assicurarsi che il cuore non gli ha smesso di battere. Lo sguardo vuoto sulla gente che si è raccolta: curiosi in pantaloncini e canottiera, un uomo che porta a spasso il cane, un pizzaiolo con alcuni clienti nottambuli, tutte facce sudate e piene di sonno... Il Dante vorrebbe che qualcuno gli raccontasse per filo e per segno, e soprattutto sapere cosa c'entrano i tre ragazzotti di cui ha sentito parlare: hanno attaccato la baracca? sono stati loro a incendiarla?

Ma gli altri lo guardano storto, alzano le spalle, borbottano mezze frasi.

Di nuovo sulla via. Con angoscia. La baracca bruciata. Domani i giornali diranno della morte di un balengo con un sospetto cognome ebreo. Le bombe. Le trame segrete. Il cuore sembra sul punto di schiattare.

Possibile che si sia trattato di una spedizione punitiva? Secondo il Parafina, la notte di Milano si sta riempiendo di squadracce armate. Ma perché prendersela con un barbone?... Che il Professôr portasse nella vita di prima un nome e un cognome ebraici, il Dante lo sapeva, ma non ci ha mai fatto caso. L'altro ci scherzava:

Tu cosa sei, Dante? Cattòlegh?

No... La famiglia de memà l'era bigotta, ma mepà e menònn erano liberi pensatori. E io non frequento la chiesa da cinquant'anni almeno.

Caro te, forse per i cattolici praticanti potrai anche essere un miscredente. Ma per le statistiche, visto che non sei né ebreo, né mussulmano, né buddista, né anabattista del settimo giorno, te see on cattòlegh... E per le medesime statistiche mí son ebreo. Per tutta la vita m'hann ciamaa inscí. E te gh'hee on bell spiegà che mai andato alla sinagoga, mai rispettato il sabato, mai praticato... Essere ebrei è un insieme di molte cose tra cui la stella di Davide sui vestiti di un nonno e le barzellette sulla spilorceria... Non c'è scampo, capisci?

Un portone aperto, un androne buio, dei sacchi della spazzatura. Sedersi, riposare un momento in mezz a sta rattatòja. Il Dante si lascia scivolare a terra, appoggia la schiena al muro. Chiude gli occhi, sfinito, ma gli pare di aver sempre davanti centinaia di striscioline di carta che portano scritti tanti nomi di donna e che palpitano delicatamente al minimo movimento nello stretto spazio della baracca del Professôr. Stelle filanti del ricordo. Poter allungare la mano, carezzarne qualcuna. Patty Carmen Gemma Mariarosa... Sentire nelle dita una specie di desiderio, qualcosa che non gli viene dai sensi ma dalla memoria... Gli ci vorrebbe un cane come quello di san Ròcch, che gli leccasse le ferite... Sí, per stanotte sarà meglio che si fermi qui. E, come dice Kent in *Re Lear*:

«Troppo stracchi per 'na lônga veglia, profitee, œugg pesanti, per vardà mía sto loggiamènt schifôs. Fortuna, buonanotte, torna a sorridere; fa' girà la tôa rœuda».

Si raggomitola, ferito sino alle viscere: dagli occhi gli traboccano lacrime. Le mani in un sudore che pare colla. In bocca il sapore metallico del sangue: deve essersi morso la lingua senza accorgersene. Perché tanto soffrire? Il Professôr è morto e le storie a cui quelle decine di nomi di donna alludevano sono sparite con lui. Tutti i giorni ci sono milioni di storie che rimangono inconcluse, senza che nessuno le racconti. Peccato. Ché se cominci a raccontare una storia devi finirla... Quando era bambino e chiedeva una storia prima di dormire, capitava che la Marién intonasse:

C'era 'na volta on re
seduto sul sofà,
diceva alla sôa serva:
Raccontami ona storia.
E la storia cominciò...

Ma a quel punto la Marién tornava a ripetere:

C'era 'na volta on re
seduto sul sofà,
diceva alla sôa serva:
Raccontami ona storia.
E la storia cominciò...

Inutile insistere a chiedere alla Marién di che storia si trattasse: il ritornello andava avanti sempre uguale, ipnotico: la ripetizione aveva in sé qualcosa di misterioso e terribile che ogni volta pareva sul punto di disvelarsi, e subito dopo si nascondeva. Finché il Dante si addormentava stremato... E non hai mai saputo, e creperai senza saperlo, caro mio, cosa contava al re la sôa serva.

Si è appena assopito. Non piú che assopito.

Il raggio di luce di una pila, accecante, gli dà un soprassalto. Un paio di voci de meneghinàsc gridano:

Questa è proprietà privata! Fuori di qui subito! Vagabondo, cioccatôn...

Una manaccia lo tira su da terra di peso e lo strattona. Una pedata. L'occhio aggressivo della pila è sempre puntato sul Dante, senza tener conto della sua stanchezza implorante. Alito d'aglio:

Sparisci in fretta o chiamo la polizia! Ti insegniamo noi a rispettare la roba degli altri! Torna in la tôa fogna, voncisciàtt!

A spintoni il Dante finisce sul marciapiedi. Qualcuno lo colpisce ai testicoli fino a lasciarlo inerte.

Alle sue spalle il portone viene chiuso con un fracasso di catenaccio arrugginito.

Autunno

Oh adess mò sem al bon, sem all'Autun, sem alla vendembia; o che temp allegher! Cioch de chí, cioch de lí, cavagna, navasc d'uga, che va a vœulta; Villan che balla in di tin; Facc impiastraa de most; Sciori in campagna, che spenden de pú de l'intrada per stà allegher. Oh che aria bona per tucc, che l'è questa. Alto fœura fiœui a pacià uga; alto fattor a slargà la sciavatta, che l'è vun di mei temp per ingrassass; alto Cavalieri, e Damm in campagna, alto debett, adulator, cavalieri del dent adree; fiœui pacee, pacee intant che l'è verta la vigna de Papa Giuli, ma tegnii a ment, che vegnarà prest la stagion, che sta vigna noo la gh'avarà ona frasca verda per tanti piant che la gh'abbia.

CARLO PORTA, *El lava piatt del Meneghin ch'è mort.*

Allegro

Il dormitorio di via Lazzaretto già si sta svuotando. Il Dante si stira la schiena legnosa stendendosi all'indietro: con questa umidità ci avrebbe di bisogno una pancera, o quelle belle culotte di lana a gambaletto, coi legacci al malleolo, che suo nonno usava nei seculorum. La camicia sa un po' di muffa, colpa dell'umido di questi giorni di nebbia. Un'occhiata al ginocchio: un mesetto fa è caduto in malo modo e la ferita non si è ancora rimarginata; la benda è sporca di sangue e pus, andrebbe cambiata; si ripromette di farlo in serata, dopo essersene procurata una pulita.

Da fuori viene un suono di campane a morto. A lungo resta nelle orecchie come un ronzio. Un funerale già di primo mattino?... Requiem aeternam dona eis, Domine. Gli dà gusto pronunciare ste parole in latino, per il loro suono e le memorie che evocano: i misteri dei sacramenti, la comunione alla prima messa, l'ostia dolce si scioglieva sulla lingua patinosa per il digiuno. Fede degli antenati, ricordi amabili: mama Dorina e la speranza di guadagnare il cielo con un fioretto, l'armonia di un mondo governato dal Gran Barbôn che ci sorveglia dall'alto dei sò nívol. Però anche memorie sgradevoli: un vecchio prete che si puliva il collarino di plastica con la saliva, la voce sussurrante dietro la grata di un confessionale scuro, il senso del peccato che portiamo con noi per sempre come un tatuaggio a giglio; e, soprattutto, le prediche della domenica, ona pirlonada mai finida: il mondo si salva solo con la mortificaziôn e l'umiliaziôn, senza la bramosia dei danee; questo ci farà diventare püssee màgher nel corpo ma püssee bondanziôs nello spirito, come ben diceva san Bernardino: Serra la bocca e lavora... Che, tradotto nel linguaggio dei nostri dí, saría: fatti licenziare col sorriso sulla bocca, non commettere atti sindacali, non desiderare il minimo salariale, e cosí sia.

Il Pèrtega, che è il custode del dormitorio, sta facendo colazione: nel cassetto aperto si intravedono il piattino col panino imburrato e una tazza di caffelatte ancora fumante, evidentemente appena riscaldato sulla fiamma verdolina di un fornelletto a gas che sta nell'angolo. Forse non li tiene sul bancone per non metterli sfacciatamente alla vista dei barboni che ogni mattina gli sfilano davanti. A bocca piena registra l'uscita del Dante.

Sul calendario, affianco al foglietto di oggi, 12 dicembre 1969, è infilato un rametto di agrifoglio. Eggià, tra poco l'è Natale.

Strana la sensazione di stamattina. Nel cervello il lento tic tac del tempo sovrasta ogni altro pensiero. Come se tu fossi ai bordi di un abisso e gli elementi cospirassero contro di te: la via è dura, dice la pietra del selciato; non hai dove andare, soffia la nebbia; sei in pericolo, sussurra il ghiaccio che copre i marciapiedi. E la hora, la gran puttasca, ruit.

Gente intapaa nei sò paltò, coi baveri alzati fin sopra le orecchie, il cappello sceso piú che si può, nasi color naranzo che spuntano dalle sciarpe. Nuvolette di fiato a ogni bisbiglio. Un pacciamerda in pastrano grigio col collo di pelliccia soffia e batte le mani guantate, lamentandosi con voce salivosa della mancanza di tassí. Un fighettino col giubbetto rosa.

Le case sigillate in un brivido. All'imbocco di una strada una ventata di ghiaccio. E meno male che sui giornali questo periodo lo chiamano «autunno caldo», pensa il Dante drizzando le orecchie con un senso di allarme. Che succede? Come se in tutto ciò che gli sta attorno presentisse una prossima catastrofe. Eppure sti milanesoni non sembrano aver paura: si affannano, col loro sangue desto, a trusciare i loro affari. Il nostro inverno è lontano, si dicono, dopo la giovinezza, dopo la maturità. Sono troppo vili per considerare la morte fuori dell'usura dell'età. Illusioni da pòer pisquán. Polvere di pimperimpara, con pü se studia manco se impara.

Andando a strüsa. Adagio però, ché il ginocchio gli fa male.

Magatèj dietro le vetrate di un bar: bevono cappuccini, discutono. Volti pallidi, foruncoli, nasi lividi, barbe spinose; sciarpe rosse, libri sotto braccio. Due morosi intenti a farsi cipp cipp all'orecchio, rimirandosi con occhi lucidi; lei ha il paltoncino aperto a mostrare le tettine ben in evidenza sotto la dolcevita attillata; porta stivaloni che le arrivano quasi all'orlo della minigonna. Al bancone una cinciapetta bionda ride. Come si lascian guardare le ragazze del dí d'incœu. Santa Gudulla, ridacci la culla.

Un-due-tre,
la Peppina la fa 'l caffè,
la fa 'l caffè con la ciccolàtta,
la Peppina l'è mezza matta.

Gocce di condensa saettano rapide giú dai vetri.

Ma cos'è, pensa il Dante, sto groppo di pietà di cui non so spiegarmi l'origine e il senso, e che mi fa indovinare i loro discorsi febbrili. Che me li rende cosí dolorosamente dolci come i lamenti dei cani randagi nella nebbia.

Un volantino appiccicato a una colonna dei portici: «Assemblea dei collettivi studenteschi alle ore 16. Appuntamento nell'atrio della Statale. Intervenite numerosi!» con il disegno di un pugno su un fondo rossofuoco modello Sodoma e Gomorra. Un manifesto strappato da un'altra colonna giace a terra in pezzi: si legge ancora «la maggioranza silenziosa dei cittadini è sband...» Un cane l'annusa, poi alza la gamba con anarchia e spregio, cippirimerlo.

Se alla lingéra gli gira la testa
oggi va bene e domani fa festa,
se alla lingéra gli gira i coglioni
ciappa la giacca e saluta 'l padrôn.

Un'edicola sbandiera le ultime notizie dalla scardassata casa del mondo. Fotografie di grattaculi assortiti, gesiàtt televisivi, militari satanassi, intrallazzoni che spartiscono la tortascia e scappano in Svizzera con la grana. Titoli che gridano:

Piantiamola di rappresentare la classe dirigente come cinica. Chi ha messo in giro la voce che in Italia muoiono per incidenti sul lavoro dieci operai al giorno? Menzogne! Chi ha inventato l'infamità del cancro alla vescica per i lavoratori dei reparti verniciatura? E i gas tossici di Marghera e Taranto? E le caldaie che esplodono ogni settimana facendo stragi? Menzogne! In Italia si muore solo per delitti d'onore, follie di morosi traditi. È ora di gridarlo ai quattro venti: i padroni della ferriera sono innocenti. Non è il capitale che crea a proprio vantaggio le crisi nazionali e internazionali per meglio gestire i propri profitti e determinare vaste sacche di manodopera sottopagata e garantita, ma ciò è la risultante di cattivi effluvii provenienti da meteore demoniache che solcano la volta celeste e che, per soramarôss, incattiviscono i nostri giovani spingendoli alla violenza criminale: don Ferrante docet.

«A ognuno il suo mestiere, e il mio è dar la morte», diceva un personaggio di Schiller. Sembrano le parole da mettere in bocca al presidente degli Stati Uniti, la cui immagine sorride dai giornali affiancata alle foto della strage di Song My: arti mutilati, occhi congelati dal panico, scriccioli vietnamiti in fuga. Cosí piccoli, sembrano tutti bambini... Dov'eri, Gran Barbôn, mentre avveniva questo? Stavi nascosto fra i tò nívol come un ragno in attesa di preda, non ti sei gnanca degnato di inviare a quel villaggio non dico un arcangelo in cerca di cento giusti, ma neppure un miserabile segnale di preavviso, uno di quei tuoi angeli-balandra di bassa lega che riservi alle situazioni minori... Ché sotto l'oro delle luminarie natalissie che stanno riempiendo la città, sotto le chiassate delle macchine rotative, resta l'unica verità: quella del bûs négher che l'è l'òmm sanguinaa, torturaa, scannaa. Ci fosse almeno qui intorno un Virgilio sapiente e gainôn pronto a strapparmi un sorriso con il sò

Ara bell'Ara
de sés e cornara
de l'or e del fin
del cont Marín
strapazza bordòcch,
dént e fœura trii pitòcch,
trii pessítt e ona mazzœura:
quest'è dentro e quest'è fœura.

Piazzale Loreto. Milano grama nella sò camisa nera. Ricordo quando hanno fucilato i quindici. Nel giro di un paio d'ore eravamo tutti là, imbesuiti sotto il sole d'agosto, a sfilare davanti a quei cadaveri gettati sul marciapiedi come spazzatura; i volti, tutto un grumo di sangue. Sentendoci in cœur come ona spina. E quei cartelli che gridavano: «Banditi!» Il Gino, che poi andò in montagna col Moscatelli, riuscí a fare delle fotografie. Il giorno dopo già erano stampati i volantini da distribuire alla Magneti Marelli... E poi, l'aprile del '45, i corpi di Mussolini e della Petacci, appesi a testa in giú, i capelli inversi, la bocca rovesciata, le braccia penzoloni, la camicia strappata, la gonna tenuta su con una molletta di legno, le gambe legate come quando si mazza un coniglio o 'na bestia qualsisía. Oh Signôr.

Frères humains qui après nous vivez,
N'ayez les cuers contre nous endurcis...

Avevan preso Starace con indosso una tuta di operaio dell'Om, ché forse cercava di scappare. L'han portato qui all'angolo di corso Buenos Aires, davanti al Motta: piangeva come un manzetto.

Le nove e mezzo. Sdruscio di scarpe fruste. Rimasugli della vecchia Milano. Una farmacia scura e puritana, coi vasi di ceramica colorata su cui spicca il biscione; in vetrina, cartelli di vecchie pubblicità: le esorbitanti zazzere della Lozione Migone, la lingua sanguetta del leone del Ferro China Bisleri, il sorriso beato di chi beve l'acqua purgativa Taramelli. Un negozio di ferramenta dall'aria polverosa: viti, chiodi, cavi, serrature, un paio di seghe «occasionissima!» L'aria dei dicembri d'ona œulta. Quando i casamenti erano pieni dei passi pesanti dei venditori di legna, del tomborlare allegro della carbonella nelle viscere delle cantine. Quando le vie si riempivano dell'aroma stuzzicante delle caldarroste; con il vecchio Carlambrœus che ridendo le faceva saltare nella padella sbüsa e tu allungavi la mano sul teporino che dava il cartoccio nella tasca.

Giurabrío, sto ginœucc 'l fa mal comè.

La bottega della Cecchina inalbera da chissà quanti anni la scritta: OSPEDALE DELLE BAMBOLE. Un posto fratello. Già all'entrata esibisce una serie di pupazze snodabili, con parrucche di capelli veri, vestitini di organza o rasatello. Alla parete di destra, ben ordinati sugli scaffali: braccia staccate, testoline, gambette, mani di varie dimensioni, scatole di occhi di vetro di vario colore, bottoni, passamaneria, merletti. A sinistra, gli attrezzi da lavoro in bella parpandina: forbici, seghetti, tanaglie, raspini, lisciatoi, pennelli, aghi. A sinistra, un po' stinta affianco alla porta, la fotografia di un partigiano col basco: il sò pòer Carlín. Piú sopra, il ritratto del bandito Crocco, viva il Borbone, viva il popolo basso. Infine, dietro il banchetto, la Cecchina che sta agucchiando un parrucchino di capelli rossi: ha la solita faccia sorridente, gli occhi acuti che sembrano capaci di guardarti dentro l'anima e che per il Dante sono la nota piú simpatica di una persona, dato che non si è mai sentito a suo agio di fronte a gente il cui sguardo lo sfuggiva nell'indifferenza o nella ripulsa. Li unisce la vecchia complicità di aver voluto bene al Carlín, con il quale il Dante è stato mandato al confino a Ponza.

Te se rigòrdet, Dante, come l'era bèll el mè Carlo? Portava il pizzetto nero al mento... La tessera del fascio non la voleva, perché «il mio partito è il mondo intero e la mia legge è la libertà, altre leggi non ne conosco»: cosí gli ha detto al giudice. E subito l'hann portaa via i fratelli branca, le mani chiuse nei sò braccialetti.

Essí che mi ricordo. In treno fino a Napoli, dôe ci hanno imbarcaa sottocoperta, in una cabina stretta che non ti dico; con una sola mano libera e l'altra legata alla cuccetta. Poi, dopo un paio d'ore, si apre la porta e buttan dentro otto detenuti comuni che andavano all'ergastolo a Santo Stefano. Non si respirava piú, come in ona scatoletta de sardèll, non sapevamo come metterci. Allora il Carlín s'è messo a vôsà, a tempestà la porta cont i pügn. On baccanéri de la maròstega. Finché è arrivato un vigilante a chiedere:

Cosa c'è? Cosa succede?

E lui, con ona faccia de brandinèll:

Io e il mio compagno dobbiamo essere portati fuori da qui. Regolamento l'è regolamento: non lo sa che i politici vanno separati dagli altri, perché potremmo fare propaganda sovversiva?

E, per essere sicuro che la guardia avesse ben inteso, arrotola sopra il gomito la camicia e gli mostra sul braccio un tatuaggio che rappresentava falce e martello. Insomma, gh'ha piantà giò un tale quarantòtt che ci hanno portati subito fuori, eccosí abbiamo fatto il viaggio sul ponte di coperta, alla bell'aria. Era studiato di legge, 'l Carlín, sapeva tutti i trucchi, el bagnava el nas a tücc... Dieci lire al giorno ci davano a Ponza; ma, tanto per guadagnare qualche palanca in piú, davamo ripetiziôn a on para de laciòtt. Ma è mica durato tanto, perché in pentola bolliva la guerra: il 23 dicembre del '38, me 'l rigordi anmò, da Roma è venuto il telegramma di liberazione per tutti e due, pur senza aver fatto domanda di sottomissione. Inscí in quattro e quattr'otto ci avevano pronto il papier: tabaccare, sciò, finita la cattività babilonese... Son passati appena trent'anni, eppure sembrano storie del Merlin Cocai.

I due ciciàran, rivangano, imprecano contro quella carogna della Sciôra Giustizia che fa i comodi di Lor Signori, invocano il «Ma verrà il giorno...» quasi si vedessero davanti agli occhi la fine dei tempi, quando dicono che comparirà il Giudice Vero, tu a mancina, tu a man dritta: i condannati a ululare di paura, e gli eletti guardandoli dall'alto della sò gloria.

La Cecchina si lamenta del lavoro scarso: pochi vengono a far aggiustare le bambole rotte. Le pigotte di un tempo non ci sono piú, adesso van di moda le mericanate di gomma, avvolte in carte croccanti e coronate da fiocchi sbarlüscenti. Sospirando, carezza una testolina di porcellana che sta sul tavolo: con le guanciotte bianche e rosse, gli occhioni dalle ciglia lunghe:

E pensare che ai mè tempi, non si conoscevano che le bambole di pezza, con la testa a parte, di gesso o di porcellana. Ché il corpo me lo cuciva menòna, poi mi diceva:

Quando viene Sant'Ambrœus, ti porta la testa,
ma regolarmente arrivava dicembre e nel cestino dei regali c'eran solo una manciata di frutta secca e due naranze.

Per tre anni ho giocato con una bambola che aveva solo il collo e minga la testa. Poi m'hann mandaa a laôrà dalla sciôra Jolanda, e i giochi son bell'e finiti.

Mentre parla, tira fuori da un mobiletto una specie di scrigno di legno incrostato di pietre colorate. Ne fa scattare la serratura. Subito, aperto il coperchio, si mette in moto un carillon e compare l'interno di una casetta in miniatura: un salottino, con poltrona, caminetto, tavolo, sedioline, l'omino che legge il giornale, la donnina che sferruzza dall'altro lato della stanza, un gatto, un bambino. Una meraviglia di figurine delicate e particolari curatissimi:

Me l'ha portaa 'na sciôra, per farlo lucidare e poi regolare il carillon ch'el s'era spanaa. Ma di lavori cosí me ne capitano sempre piú di rado. Roba vecchia bacucca, ci avrà almeno centocinquant'anni: praticamente perfetto, neh, si vede che non è mai capitata davvero nelle mani di un bambino, che l'han sempre tenuta di pura bellezza sopra qualche comò.

Il Dante sente qualcosa che gli pesa sul petto. Guarda la propria mano sul coperchio dello scrignetto e ne vede un'altra püssee piscinina: di bambini che vorrebbero toccare e di zie arcigne e pettorute che ripassano un panno sulle figurine delicate per farle durare, per obbligare l'uomo a sbadigliare per sempre leggendo svagato il giornale, il bimbo a contentarsi dei sogni, il gatto a scompigliare il gomitolo, la donna a sferruzzare ingrugnata. Per i secoli dei secoli amen.

Avviene voltaa 'l cantôn. Il Dante sta traversando la strada quando un'automobilona che arriva veloce lo evita per un pelo. Questione di un momento e, pínfeta pònfeta, il Dante finisce stravacaa per terra: la borsa «degli Avanzi» aperta, il suo povero contenuto spantegaa depertütt; la giacca consunta e impadellata, che porta ab immemorabili, s'è strappata. Che siano stramaledetti tutti gli automobilisti, strasciacantôn de la madòsca, specialisti solo nel peperepè dei clacson.

La macchina è ferma. Il conducente brontola tutto rabbuffato: che non è sua la colpa, che il Dante andava troppo piano come on lumagôn, che invece lui früsta sü che gh'ho pressa.

Ma varda sto pilàtt, sto fiòl d'ona pippa. M'è passaa rasént rasént che quasi el me schisciava e adesso ci ha perfino de marmognà. M'è borlaa adòss lü e poi dice che la colpa l'è mia perché vado a piedi. Che tolla! Per chi m'ha tòlt? Crederà mica che, a traversare la strada, alla mia età ci ho i sciampètt di capretto saltativo? Vado piano perché non voglio far la fine del povero professôr Gaetano Negri, che l'è scarpusciaa a un mal passo; sant'òmm, che mentre che 'l tomborlava, con animo altruistico, ci ha gridato alla mogliera:

Tenti! che se scarlíga,
ma a andà con i pitt per ari l'è stato lui medesimo: ha battuto il coo su un sasso e... on salüd al Trédes del Taròcch.

Intanto un capannello di gente si è radunato intorno al Dante. Una commessa di negozio, i capelli biondi legati a coda di cavallo sulla nuca, porta una bottiglietta di acqua miracolosa di Caravaggio, nel caso il Dante voglia berla. Un uomo dice che per chi l'ha vist la stría l'è meglio un cognachino. Il guidatore, un ingegnerone ben in carne, intuendo che i presenti prendono le difese dell'investito, bofonchia una scusa e, a mò di risarcimento, mette nelle mani del Dante un biglietto da cinquemila, con bon profazza. Ché infine non tutti i mali vengono per nuocere; come ben sapeva don Lisànder.

Tra la folla un bambino di cinque sei anni contempla il Dante con curiosità e chiede alla madre:

Perché non gli è uscito sangue? Perché non è morto?

La donna imbarazzata lo zittisce, che non son cose da dire, e trascina via il piccolino.

Al Dante viene in mente il primo cadavere della sua vita, la Marién trovata morta con in mano la basletta del riso che stava mondando dai sassolini... Che età avevo? si chiede: sette otto anni al massimo. L'avevano sdraiata sul catafalco all'ingresso. Ho slongato la mano per carezzarla. Ho toccato. Non era pelle, l'era una pietra liscia e gelata. Una sensazione di spavento e disagio che ho ritrovato piú tardi quando, all'atto de 'ndà a dormí, m'appoggiavo coi polpastrelli sul marmo del scifôn: e a quel contatto, d'on attim, restavo sospeso e sgomento, come se avessi toccaa, mí viv, mí cold di trippe tiepide, la rigida verità della Comare della Ranza...

Il bambino è ormai all'angolo, ma nonostante le raccomandazioni della madre continua a voltarsi a guardarlo. Il Dante ne sorride. Ché ai piscinòla piace l'idea del sangue e della distruzione. Chissà, forse c'è in tutti noi una misteriosa nostalgia del sangue in cui siamo generati, per cui corriamo volentieri a contemplare le manifestazioni di quell'invisibile midollo del mondo... Gli viene in mente un cavallo a dondolo di quand'era piccolo: bianco, il muso birbantello, i bottoni balossetti degli occhi. Forse a scatenare la ferocia scotennatrice del Dante era stata proprio la morte della Marién: ché, avevano tentato di spiegargli scientificamente, alla vecchia serva si era fermato il cuore in mezzo al petto:

Il cuore pompa il sangue che è la sostanza che ci fa vivi. Hai visto, no, quand el pollirœu ammazza le galline? Il sangue esce fuori tutto, il cœur smette di battere, eccosí la gallina l'è bell'e secca.

Detto fatto, il giorno dopo, il Dante bambino, che ci aveva i sò furiètt, sventrò il cavallo a dondolo con una forbiciata, immerse nel taglio la mano a cercare il vivo cuore rosso e si spaventò trovando il vuoto. Il cuore non c'era, il sangue neppure. Lentamente, raggelato, aveva ritirato la mano: evidentemente gli avevano regalato un cavallo già morto.

Adagio

Appena oltrepassato la cancellata, il Dante si meraviglia delle operazioni che il cervello e le gambe, nonché i tanti soldi nel palpirœu rimpinzato dall'automobilista di un'ora fa, hanno insieme concertato per condurlo senza proposito a questo cimitero dove la Morte ghe fa da campee: ché nessuno prima de sto moment ghe l'ha friccada. Guarda la distesa di tombe senza provare tristezza. La ghiaia scricchia sotto i piedi.

Accanto ai gradini della cappella d'ingresso, un cagnino intirizzito: occhi di lagrime malate, il pelame rosso deturpato dalla rogna. Due passanti lanciano alla bestia uno sguardo di schifo.

Cosa fai qui, caro 'l mè rosso-malpelo? Tògliti dai gradini altrimenti ti pesteranno. Stai male? Trovati un buchetto ben nascosto, ché se le guardie ti scoprono, ti coppano.

Lapidi, foto vetrificate, croci, angeli, colonne spezzate. On miscmàsc di ceri e di vasi di crisantemi, col freschín d'acqua un po' guasta. Quanti danee si spendono per abbellire le tombe, perché quelli che restano si possano sentire autorizzati a saltare in pista per ballare il torototela torototà della dimenticanza, fino al prossimo funerale. Eppure varrebbe püssee on po' de fedascia che tütt el lègn de la barcascia.

Gente vestita a lutto si allontana lungo il vialetto, verso il cancello. Un tizio, di rigoroso vestito scuro, borbotta a voce sufficientemente alta che gli altri lo sentano:

Pòer Tognèlla, l'era piú strambo che genialoide.

Dev'essere uno del parentado, pensa il Dante: il morto al podeva anca vèss veramente un pòer dottôr de Barlassina, ma solo un parente-serpente può mollare un simile epitaffio alla mediocrità di un desgraziaa che non ha ancora fatto in tempo a diventare freddo... E subito, per i sottili fili dell'amor simpatico, il Dante si sente unito allo sconosciuto appena seppellito.

La comaa la vœur morí.
Di' che la mœura,
farèmm la cassa nœuva,
nœuva noventa,
farèmm la cassa centa,
centa centàja,
farèmm la cassa paja,
paja, paiüsc,
andarèmm a piccà l'üs'c.
Pim pum, chi l'è gh'è mòrt?
El fiœu de l'antipòrt;
e gh'hann faa trii salàss
al fiœu del rimolàss.

Arriva un altro furgone. Quanti saranno i morti di oggi? Avranno avuto qualche contatto tra di loro? Sarà loro capitato di incontrarsi, di sfiorarsi da vivi? O li unisce soltanto la data in cui la Parca ha tagliato il loro filo? E queste mere circostanze faranno parte di un disegno superiore? E com'è che si muore? Cos'è sto scolorir del sembiante? Frase a effetto, i poeti anche per le cose piú tremende, come il fatto che s'è smarrii 'l colôr, trovan sempre versi che l'è ona bellezza. Questa bella d'erbe famiglia e d'animali. Che pensata, quel tal Ugo. Che güzz, che alt de cervèll. Mica come noiàlter gente comune che semm tutti cilàpp cilàpp.

Cribbio, che strani pensieri gli vengono. Dev'essere

perché il Dante non è mai andato volentieri ai funerali, ha sempre detestato le frasi di circostanza e il caffè tiepido e acquoso delle veglie funebri. Allora cosa gli è saltato in testa di venire qui? Eppure non è affatto triste. Niente desolazione cimmeria. Il cimitero è un posto cosí quieto, ché morire l'è la piú comoda delle faccende: l'unica fatica dei morti l'è restar sdraiati, stracch de stà in pee.

Ohé Dante, pòer el mè zoppètt, come te squanquànnet...

Ecco la tomba della Milena. Il sorriso tenero di una fotografia scattata durante una gita in Valsassina. Sembra che gli sguigni l'occhio... Le date: 1935-1944. Aveva nove anni, la sôa Milena, quando la mazzarono. Colpa di uno dei tanti bombardamenti dei mericàn. 20 ottobre del '44. Seicento morti, quasi la metà bambini. L'obiettivo dei bombardieri erano le fabbriche della Breda-Falck, ma una squadriglia sbagliò completamente direzione e andò a finire sopra il quartiere di Gorla. Voi cosa avreste fatto? Certo sareste tornati indietro. Invece no. La testa dei mericàn lavora in un altro modo: piuttosto che tornà indree cont i bomb, il comandante decide di sganciare il carico seduta stante. Per non sprecare il viaggio, giú bombe sulla poragente. Mericàn del cazz... Le case squaravano come fossero di carta. Ché io glielo dicevo sempre alla Zaira che dovevano andarsene da Milano, che bisognava trovare una sistemazione lontana, se non per lei almeno per la bambina. Ma la Zaira l'è sempre stata 'na crappa dura. Eppoi diceva che a Gorla c'erano i rifugi antiaerei piú all'avanguardia d'Italia: in cemento armato, con tanto di impianto di sicurezza per le luci, perfino con le maschere antigas; che quando arrivava il primo allarme, c'era tutto il tempo per correre al riparo... Insomma restò a Gorla e successe quel che era destino: una bomba centrò in pieno la scuola della mè tôsa. Ché al destino non si scampa. Era pomeriggio, a scuola le classi facevano i turni, la Milena doveva fare quello del mattino, invece proprio quel giorno, al so mica il perché, ha cambiato orario. Seicento morti in pochi minuti, neanche il tempo di capire, nemmeno il tempo per chiamare aiuto. Le teste schiacciate, il petto esploso, i ventri uncinati da pali, gli occhi schizzati fuori dalle orbite, la carne bruciata e nera. Nessuno può sapere cosa vuol dire trovarsi davanti a quella spianata di fagottini avvolti nelle coperte militari. Mà e pà che sfiatavano disperazione, ginoggiôn tra le macerie; con gli occhi spiritati, come se gli avesse dato di volta 'l cervèll... La Zaira l'ho ritrovada lí, ché appena ho saputo la notizia alla radio mi son precipitato: l'abbiam cercata insieme, la Milena, per ore. Via via che portavano fœura dalla scuola i cadaverini ci aggrappavamo alla speranza che, siccome non la vedevamo, la nostra Milena la si fosse salvata. Ma riconoscere un corpicino mutilaa e carbonizzaa l'è minga facile... Uno di quelli che scavava tra le macerie si accorse che tremavo e mi mise tra le mani una sigaretta. E io che non capivo, mi sembrava impossibile che non ci fosse niente da fare. Al funerale l'è stada l'ultima volta che ho vist la Zaira, poi non ho saputo piú niente, so neanche piú se la sia ancora viva.

Oh Milena, cara la mè stella.
Oggín bell sò fradèll,
oreggína bella sôa sorella,
campanín che fa delín delín.

Lo prende una sorta di magone, quasi una voglia di piangere, ma non disperatamente; è solo un velo di lagrime che gli annebbia le pupille. Nulla di intenso, un'acquerugiola fina fina.

Chissà se han sepolto qui anche quell'agente di polizia che han mazzaa un mese fa in via Larga? No, devono averlo portato a cà sôa, ché Annarumma l'è un cognome da bassitalia... Quel giorno c'era anche il Dante in centro, all'uscita del comizio sindacale al Teatro Lirico... Che tempi brutti, i mè gent. La Fiat ha sospeso ventimila operai, alla Pirelli scioperano da settimane e 'l padrôn ha deciso di far arrivare grandi carichi di pneumatici dalla Grecia, dalla Spagna, dal Portogallo, tutti posti dove non si può scioperare... Che giorno l'era quand l'è morto quell pòer fiœu dell'Annarumma? Metà novembre piú o meno. Il Dante stava nei paraggi di via Larga, a curiosare segond el sòlit, quando ha visto arrivare un corteo di ragazzotti – uguali le barbe, i capelli lunghi, quelle espressioni acerbe dietro le lenti da studentelli – tallonati da un reparto di polizia: gipponi del terzo celere carichi di agenti col giaccone imbottito, gli elmetti con la celata, gli scudi di plastica. Era proprio il momento in cui gli operai iniziavano a lassà el teater: vedono i polee, cominciano a pensare che siano lí a ingeríss nel sò comizio e si mettono a vôsà che l'è troppo, che l'è ona controllaría d'ossessiôn; partono i fischi, on bordeléri de ziffolamènt sfidegaa:

Polizia fascista! Pi-Esse Esse-Esse! Pi-Esse Esse-Esse!

A quel punto qualcuno deve aver perso la testa e azionato le sirene: le jeep sono partite in d'on bott col motore imballaa e, la puttasca, due persone hinn borlaa in terra; naturalmente la voce dell'incidente l'è subito montada. Il Dante ricorda il rumore ritmato dei pugni battuti sui cofani e sulle fiancate delle auto posteggiate; la rabbia degli operai trattenuti a stento dal servizio d'ordine. Poi una pausa: la gente si è fermata, commentava l'accaduto, pareva che la situazione tornasse tranquilla. I gipponi si eran ritirati di duecento metri.

Proprio allora passa una biondina, il viso piccolo e chiaro, e mi fa:

Impara a stà al mônd, nonno, tírati indietro ché non è posto per te: i celerotti tra un attimo caricano.

E io dunque tabacco via pianín pianello, passo affianco ai polee: dietro le visiere di plexiglas, i profili de rabbiadôn, incattiviti dal freddo; il tascapane a tracolla con le maschere antigas. Vedo il commissario che estrae la sciarpa tricolore, fianco dest dest. Dietro di me sento arrivare voci di sfida:

Fatevi sotto se ne avete il coraggio! A-nar-chia! A-narchia!

Affare d'un momento. Il Dante ce l'ha ben in mente: le saracinesche dei negozi sono calate tutte assieme; subito dopo, l'urlo delle sirene, i botti secchi dei lacrimogeni, lo sgommare dei gipponi a fortissima velocità lungo via Larga. Si è voltato a guardare: la folla urlava, ma non serviva ripararsi sul marciapiedi perché gli autisti inseguivano la gente anche lí, gli agenti si sporgevano e picchiavano coi manganelli. Bòtt de la madòncina. L'aria era grigia di fumo. Operai e studenti lanciavano di tutto, una sassaiola di quadrelli di porfido, per frenare le cariche. Le aste delle bandiere diventavano picche, lance. Il gas ristagnava. Due camionette si son scontrate e un poliziotto, l'Annarumma, è finito sotto le ruote.

On squítt de dí nò. Anche il Dante è dovuto scappare. Una corsa che, e dài e dài, gh'è reussida non si sa come, ma è caduto vicino alla chiesa di San Gottardo. Un brutto taglio al ginocchio. Quando se lo sbenda la sera, la piaga spurga pus e ha un aspetto livido, tra viola e giallo. Gli prude, un raspare che ci vorrebbero cento dita. Che sia stata colpa di questa gamba sífola se stamattina non è riuscito a schivare l'automobile?

Sui gradini della cappella dell'ingresso, il cane rossomalpelo giace stecchito in una pozza muta di sangue e dolore. Come una chiazza di sole su una ghiaccia pietra d'inverno. Già il custode arriva con la ramazza e la paletta per gettarlo nell'immondezzaio.

Al capolinea del tram che porta in centro.

Salgono i gradini due suorine, raccogliendo con le mani le socche nere, e cominciano a fare la questua: aspettano rigide davanti a ogni passeggero, ricevono l'offerta e procedono senza neanche dire grazie. Fosse un barbone a chiedere l'elemosina, sicuro che il conducente o il bigliettaio l'avrebbero già ributtato in strada. Finalmente il veicolo scampanella per mettersi in moto:

ciappa 'l tram, balorda,
ciàppal tí che mi son sorda…

Un gruppo di tre donne sale di corsa all'ultimo momento. Un passeraio. Propri vera che tre dònn fann 'l mercaa da Sarònn, ride il Dante sotto i barbís.

Menomàl che semm reussii a ciappàll. Appena appena.

Però l'èmm ciappaa.

Ma a momenti le ciappàvom nò.

Poi però l'èmm finii per ciappàll.

Ci ho il fiatone: ho faa ona corsa che me senti quasi el cœur che me s'ciòppa.

Però adesso se mèttom settaa giò tranquille e te vedaree che passa tutto.

Il Dante sta a scoltare attento, cercando di captare il meccanismo di questa conversazione, in cui a una affermazione l'altra risponde correggendo con un però:

Mi ha sorpreso il Carletto: l'è minga vegnuu.

Però l'ha mandaa ona corona.

Dialogo di delicati equilibri, pensa il Dante: come quello del mitico sciôr Kimm che parte dopo gli alter, però 'l riva primm… E gli vengono in mente le tipiche sentenze delle zie quand'era piccolo: si guarda ma non si tocca; si può mangiare, però non troppo; si fa ma non si dice…

Di fronte al Dante, un vecchione, mani da ex operaio,

si è assopito, il viso curvo sul petto. Piú in là on cioccattee col viso arrossato. Ona sciôra con la borsetta stretta a due mani sulle ginocchia a scanso di mani sgraffignone, che ghe n'è sémper in gir. Una bambina mongoloide sfarfuglia parole senza senso, aggrappata alla mano della nonna. Una donnetta dal viso magro e severo, da pluriseppellitrice di mariti.

Il Dante accosta la nuca al cristallo e chiude gli occhi. Palpa i soldi nella tasca: potrebbe permettersi un pranzo come si deve, ma non ha fame.

In centro la nebbia è piú rada, vinta dai fiati dei passanti. La latteria del Parafina ha la clèr mezzo abbassata.

Come mai stai chiuso? Sei malato?

Macché, devo andare a un'assemblea... Che brutta cera hai. Cià, vieni dentro che ho tempo di offrirti un bicchiere di latte a bollore con dentro un grappino.

Ciôsca, come scalda. Il Dante sente l'alcol diffondersi piacevolmente per tutto il corpo. Qualcosa che vivifica, che infonde coraggio. Molto meglio di un pranzo.

Il Parafina ha il viso scuro, è nervoso:

Vado a un'assemblea sui fatti di via Larga. Stiamo organizzando ona mobilitaziôn per i prossim dí. Ché non se ne può piú di quel brô-brô di Roma che grida al barbaro assassinio. Che 'l vada a dà via el settbèll, lü e i sò menacôa. Eppoi la devono finire coi pestaggi in piena via a chi ci ha anche lontanamente la faccia di un rosso. Ché, dimmi te se l'è minga vera, lo san tutti che l'Annarumma l'hanno mazzato quelli della polizia: c'è perfino un filmato della televisiôn francesa che 'l dimostra che l'è andada inscí, ma l'han faa spari. Censura! Come quando il regime quadrettava di bianco i giornali. Ma ancora non sai l'ultima...

Il Parafina comincia a squadernargli davanti una sfilza di giornali. *Assemblea di avvocati sul processo degli anarchi-*

ci arrestati per le bombe alla Fiera. Attacco di un gruppo di destra al grido di «assassini!», Arrestato il direttore della rivista Potere Operaio, Fermato Bellocchio che prestava la sua firma per l'uscita di Lotta Continua, In manette i tipografi per il manifesto dei marxisti-leninisti.

Ti basta? Li hai letto i giornali di oggi? Guarda che titoli: *Il disordine regna a Milano*. Hinn tornaa fœura con cert resôn che son soltanto ona gibigianna. A mincionà la gent ghe vœur pòcch al dí d'incœu. Guarda qui. Leggi cosa dicono quei faccia de mal de vènter del «Corriere della Sera»: «Una certa propensione alla jacquerie continua a mischiarsi alle vicende sindacali. Gli scioperi stanno portando alla rovina la città». Robb de ciod. Come se lo sciopero non fosse segno di un buon funzionamento della democrazia... Ohé, gente, dove non si sciopera non c'è libertà, mica il contrario.

T'hee finii?

No che ho mica finito. Va' cosa ha scritto «Il Giorno» stamattina: *L'on. Almirante per una soluzione alla greca*. El gatt el mola i ông... Vedrai che stanno organizzando un botto di quelli tosti e poi tireran fuori dal cappello uno dei sò generaloni per riportare il paese all'ordine. E il colmo l'è che lo dicono apertamente, con la calma di chi gioca a cicciorlanda-chi-comanda.

Escono insieme. Il Parafina infila nella tasca del Dante una cremonesa avvolta in un foglio di carta, semmai gli venisse fame piú tardi; si rialza il bavero del cappotto contro la ventata:

Passa di qui domani o dopo. Ti conterò cosa s'è deciso all'assemblea.

Stanno ancora salutandosi che, tràccheta, si trovano circondati da quattro uomini. Polizia in borghese. Mal capitaa e pes'g imbattuu... Il cellulare è lí pronto, all'angolo: neanche il tempo di protestare e sono ammanettati. Il viaggio a sirene spiegate è breve. Il Parafina ha il pallore gramo di on cagabindèll; il Dante sorride stranito, gli son svaporate tutte le idee: sono proprio io dietro questi vetri schermati, che la gente vede sempre passare con curiosità, ombre inquietanti mentre ulula la sirena?

In questura il Dante se la sbriga presto. Perquisizione, per fuora e per entro. Diogene Colombo, di NN. I suoi veri nome e cognome scritti nero su bianco sul registro gli suonano estranei; ché sono le stramberie che ti affibbiano in brefotrofio: Colombo, come a tutti gli illegittimi di Milano, perché sulla porta dell'Ospizio degli Esposti era raffigurato il simbolo caritatevole dello Spirito Santo; Diogene perché l'impiegato che stava ai registri quel giorno doveva essere un filosofo burlone. Data di nascita: 17 gennaio 1899. Un errore nascere nel XIX secolo, quando tutta la sua vita si sarebbe poi svolta nel XX. Domicilio attuale: senza fissa dimora. Professione: nessuna. In fondo, pensa il Dante, gli altri sanno ben poco della mia vita. Se qualcuno riuscisse a unire con una matita mentale i punti della sua traversia, a stento apparirebbe, come in un gioco infantile, il bozzetto del sò destino: on pòer diàol che ha lottato disperatamente, da quella lontana notte settant'anni fa sui gradini di San Simpliciano, per superare le circostanze, per viaggiare in atmosfere piú pure. Casellario penale: 20 aprile 1937, Vilipendio dello stato, tulilèm blem bluff, condanna al confino di anni due da scontare nell'isola di Ponza; 23 gennaio 1961, Vilipendio della pubblica morale, tulilèm blem bla, condanna di anni tre e mesi due, senza benefici della condizionale. Est quod est.

Una guardia fa firmare al Dante un registro e gli intima di smammare in fretta. Cristòffen, sono tutti in fibrillazione oggi: un va e vieni frenetico, segnali di tribú in allarme, di piazzaforte guerresca che si prepari all'attacco. Chiede del Parafina, ma nessuno gli sa dire niente: forse stanno ancora lungagnando a torchiarlo.

Zoppicando il Dante si incammina verso l'uscita. Quanti corridoi, quante porte. Poterle spalancare tutte e dar fuoco alle migliaia di incartamenti, agli schedari, ai fascicoli riservati, alle lettere anonime... Sacranôn, questa sarà la prima Bastiglia che cadrà nel giorno del giudizio, fischietta il Dante tra sé.

Allegro

Prima di morire bisogna mettersi in pace con la coscienza, gli dicevano i preti quando andava a scuola e gli rompevan l'anima con i comandamenti e la confessione... Quanto ai comandamenti, il Dante va tranquillo. L'è mai staa smaniôs della roba d'altri, l'invidia non la conosce. Non ha ucciso; o forse è capitato in guerra, ma non per sua volontà. Ha onorato il padre e la madre finché erano in vita; le zie sono un caso a parte, ma del resto non sono contemplate nei comandamenti. Ha amato somà Dorina e ammirato sopà Mili; e perfino per la donna che l'ha abbandonato quella tal notte di settant'anni fa davanti alla chiesa di San Simpliciano non prova rancore. E poi? Poi basta. Qualche bugia l'ha sí detta, ma falsa testimonianza mai. Riguardo invece al non desiderare la donna d'altri, quello l'è un altro par di maniche. Ma, in fin della fiera, è un comandamento su dieci: san Pietro potrà ben chiuder un occhio, l'è staa òmm anca lü. E se 'l me perdona nò, 'l pò andà a ciappà i ratt.

E allora èccum. Desbirolaa dalla vecchiaia, col cervello imbibito del contenuto di una degna bottiglia di rosso – «languidiora vina»... – sovvenzionato dall'ingignee narigiatôn di stamattina, alzo il bicchiere e ai quattro pifferi dell'aria proclamo il mio testamento:

Avvicinandosi dunque il momento in cui dovrò mettermi in viaggio verso l'ultima destinazione, e siccome dicono sia assolutamente necessario lasciar qui tutto quello che non entrerà nella fossa con noi, mi vedo obbligato a redigere le mie ultime volontà per spiegare a chi sia destinato ciò che è mio, dimodocché dopo la mia morte non ci siano questioni né lamentaziôn de geremía che disturbino il mio trapasso da un mondo all'altro. O, per dirla intréga, dato che in vita non mi lasciarono in pace, voglio almeno morí quiètt come on bee.

Naturalmente quando dico «ciò che è mio», cari i mè ambrosiani, non dovete credere che io possegga ricchezze nascoste, come si racconta di certi personaggi vissuti in estrema povertà per la sôa avaríssia, ma alla cui morte si scopriva che eran ricchi epuloni che tenevano infognati in banca tanti danee da fà sü cont el palòtt. Gente che poi magari finiva in una fossa comune, con i vermi a farne pacciatòria, anche se si trattava piú di ossa che di carne... Mi contarono perfino di un super-stemegnôn che, cosciente della prossimità del decesso, i sò danee decise di mangiarseli. Eccosí l'è crepaa per un'indigistiôn de bigliett de banca e la sua agonia la deve essere stada schifosa.

No, cari: il mio borsino l'è vuoto. Niente danee. Mai avuti. Mai ho potuto conoscere la soddisfazione di investirli, tantomeno il gusto di dilapidarli per il gioco o le donne; come nelle storie che quand'ero piccolo di nascosto orecchiavo dal portinaio che contava del cavalier Tropiani – Madonna Santa, l'ha perduu la cà dopo una nottata di baccarà! – o del sciôr Gasparètt scappaa a Parigi con la modista de Pont Véder. Vita de deboscé l'ho mai fatta. Anca se devo confessare che a lungo, da bagàj, ho fantasticato davanti a un'immagine pubblicitaria dei «vagoni pullman», in cui era raffigurata una squinzietta elegante in atto di pettinarsi, seduta su uno strapuntino dallo schienale ovale, davanti a una minuscola toletta ferroviaria: destinazione Parigi, mal francese, prigione... Niente da fare. Niente dindi, nanca on Crist d'on ghèll, ondepercui mi fu negata la possibilità di avventure da Orient-Express.

Comunque della bolletta cronica non ne ho mai fatto una malattia.

Tutto quel che possiedo ce l'ho addosso. Avevo qualcosa di piú, l'ho regalata, o me l'hanno fregata nelle notti in cui ero piú stanco. Che mi seppelliscano con la mia giacchetta, la cravatta, il cappello, la «borsa degli Avanzi» e la mè ombrellascia.

Perciò, taca banda! Ché i paròll paghen minga dazi.

Tutti i miei libri, assolutamente tutti quelli che stavano nella mia bancarella antiquaria prima de sprofondà in la fanga, li dono alla Biblioteca di Alessandria dato che, siccome li ho perduti irrimediabilmente, è il luogo che mi sembra piú appropriato. I testi che mi furono rubati, non sapendo in che mani sono finiti, li do come persi e seguono lo stesso destino. Altra storia è per quei libri che nella mia vita ho prestato agli amici che non me li hanno poi ridati indietro, perché forse l'eran genti che soffrivan di amnesia e se regordàven pü che sti líber gh'avéven on padrone originario: li lascio a quei tali di memoria corta, sperando che almeno ne possano tirar fuori on quaj insegnamento.

I miei pensieri li regalo alla mè città, perché i milanesoni apprendano come anche nel piú completo stato di abbandono un essere umano può camminare a testa alta e con allegria.

I miei debiti li lascio ai creditori: sono venuto al mondo senza niente e me ne vado al verde, come el dí che son nassuu.

Ai nemici lascio il mio perdono, con la certezza che mai ho preso sul serio la loro malevolenza: son sempre stato convinto che è meglio non farsi el fídegh marsc.

Le mie poesie le lascio al vento. Ho commesso il peccato di pubblicarle solo una volta, nel '43. Che idea balenga, neh, quella di uscire con un libro di versi in tempo di guerra... Me lo ricordo quell'inverno. In libreria non veniva nessuno e a me restava tanto tempo libero, per cui facevo di quel gran camminare, finendo immancabilmente al parco Sempione, davanti al ponte delle sirenette... Un pomeriggio arrivo alla panchina dove ero solito sedermi e ci trovo un vecchio barbisôn: un pastranone del c'era-una-volta sdrucito e lungo fino ai pee, un cappellaccio bisunto a tesa larga da cui spuntavano lunghi capelli bianchi, una faccia pèll-e-oss; affianco teneva un carrettino nero, di piccole dimensioni e con le sponde ingrommate di sporcizia, su cui stava un carico di carta strascia. Son rimasto a guardarlo boccaperta, perché dava l'impressione di essere un vero striôn uscito lí per lí da un libro di favole e incantamenti... Si alza dalla panchina e si mette in cammino tirandosi dietro il carretto. Io, fascinato, comincio a seguirlo e noto che ogni tanto si china a raccogliere tocchetti di corda, legnetti, pezzetti di fil di ferro, chiodi arrugginiti, insomma tutti i barlafüs che trovava per strada. Finché arriva a un muro a cui sono appesi dei manifesti del Comando Germanico: allora si ferma e, con un coltello senza manico, comincia a grattarne via dei brandelli che poi butta sul carretto. Io naturalmente rimango senza parola: se i tedeschi o le camicie nere ti scoprivano a fare un gesto simile, col fischio che ti salvavi: sicuro che ti arrestavano, e forse anche peggio. Allora gli do la voce. Lui si volta: aveva una cera da far paura; mi ha chiesto cosa diavolo volessi. Non ricordo cosa gli ho risposto. Una bambalada che l'ha fatto ridere. Ha messo via la lama. Gli ho spiegato che quello che faceva era pericoloso, gli ho raccomandato di stare in campana; piuttosto, visto che ci avevo una libreria antiquaria, con un magazzino strapieno di carta strascia da poter riempire cento dei sò carretti, gli ho dato l'indirizzo, se per caso capitava dalle mie parti. Cosí, un mattino, me lo vedo spuntare dietro i vetri, col suo trabiccolo sgangherato. L'ho portato nel retro del negozio: c'erano vecchie riviste infrollite dall'umidità, tomi spaiati e rosicchiati dai tarli, fuffa inservibile. Gli ho riempito il carretto... Era appena stato stampato un mio librino di poesie, in sedicesimo: un errore, ché appena l'avevo avuto tra le mani, ne ero stato scontento: tutta roba rimasticata, il mè Dante e il mè Porta sarebbero inorriditi al sol guardarlo. L'edizione era stata di cinquantun esemplari; una decina li avevo già distribuiti agli amici, me ne rimanevano una quarantina. D'on bòtt glieli ho offerti tutti quanti. Il vecchio mi lancia un'occhiata torva e poi mi spiega che non sa leggere. Ho risposto:

Tanto meglio.

Lui s'è scappellato con un ridicolo inchino dei temporibus e ha preso la porta. Non mi è piú successo di vederlo... Ripenso spesso a quel mio unico libro e sono convinto che il suo destino sia stato dei migliori: bruciato nel fuoco d'on striôn, ridotto in cenere. Con quella fine ho strappaa on terno al lott: mi son salvato da peccati piú grandi, perché chi pubblica vende i propri pensieri agli altri, cede per modico prezzo la propria fantasia. Peggio che vendere le sò lagrime o un polmone...

E in questa, punf! io mollo l'ültim pètt.

Per tornà de capp, el mè pòer cœur, che in tanti hanno maltrattato dai tempi in cui ero un fiolín ingenuo, lo lascio alle donne di cui sono stato innamorato: le sartine, le modiste, le cocotte, le commesse, le passanti, coi loro culi fatti a pòmm; e cont i tett dür-stagn o flosc-lanfànn.

Oh Satanàss,
cont el bígol lông on brass...

Per prima, la bassitalia che al fronte mi insegnò a baciare: mai avevo visto fino ad allora una donna nuda, coricata come un animale, le braccia sotto la nuca, il ventre duro e caldo... Poi vengon la Teresa, la Ninòn di Pichincha, la panettiera di via Rasori, la gagliarda Cesira di corso Garibaldi, la demonietta Dele con cui ho ballato di tutto, dal tango figurato alla mazurca, la Luciana specialista nel sessantanove, la Matilde con la gonna plissettata che faceva campana, l'odore di bionda della Mirella a cui piaceva la pecorina, le stagionatelle di Porta Cicca che preferivano farlo in pee,

perché omm in pee e donna in pian
duran püssee che 'l domm de Milán.

Senza contare quella che, per abbracciarla, mi son punto una mano tra le ortiche, e allora lei s'è messa a ciucciarmi le dita che si eran riempite di vesciche... Come si chiamava? Silvana? Lo sa Dio... Insomma, tutte le mie Laure, le mie Leonore, le mie Beatrici di Folco Portinari... Ché l'appuntamento con una donna per me l'è sémper staa un momento magico: pizzà la sigaretta, scoltà gli alter parlà senza portà impegn a quell che dísen o fann, guardà l'orologio con la sicurezza che lei la sta per rivà: oh cara caretta carascia, che festa.

Si ferma, riprende fiato. Il pensiero del tempo spappolatore gli pesa come qualcosa di mostruoso: forse dipende dal vino che si è scolato, o forse si tratta di un nuovo insidioso sentimento, attraverso il quale, come sotto una lente d'ingrandimento, vede rapidamente passare la sua vita amorosa. Episodi da tempo sfumati nella memoria vi rientrano all'imprevista con chiarezza, l'uno eccitato dall'altro. E gli pare di scorgere, nell'incessante andirivieni da una donna all'altra, la ripetizione ostinata di una costante: quegli incontri che aveva vissuto di volta in volta come eccezionali e irripetibili, adesso a un'osservazione ormai distaccata gli sembrano momenti di un'uniforme fuga dai legami stabili.

Ma sono ormai cose dei seculorum, pensa il Dante: le donne non lo sconvolgono piú. Ché questo è il «dono» della vecchiaia, il brizzolarsi anche dell'anima sotto la canizie. E allora?

Allora alégher, che il büs del cü l'è négher...

Silenzio

Le quattro passate. Scende il veloce buio di dicembre, domani sarà Santa Lucia, il giorno piú corto che ci sia.

Piazza Fontana è il cuore esatto di Milano: con le guglie del Duomo, la fontana del Piermarini, l'Arcivescovado, la banca dell'Agricoltura affollata degli ultimi clienti del venerdí; a due passi da qui, dove adesso sta via Laghetto, c'era il porto a cui approdavano le chiatte dei Navigli, all'epoca in cui Milano era un fiore e l'acqua dei canali fumava nebbia sotto le case.

Piazza Fontana è il punto preciso in cui poggiare l'orecchio per terra di modo da sentire battere il polso della città. Il luogo dove si incontrano tutte le strade che il Dante ha percorso nella sua vita camminante.

Il rumore dell'esplosione impietrisce i passanti. Bombe… Con tutto quello che il corpo sa in un istante; tutto quello che i sensi captano e si trasmettono collegando innumeri percezioni depositate sul paesaggio della memoria; tutto quello che l'occhio e l'udito colgono di dissimile ma che compone una stessa e unica scena: bombe…

La bocca si apre nel tentare un grido che però non esplode ma si risolve in un rantolo di impotenza, perché lo sforzo di farlo uscire contrae i tendini del collo, fa gonfiare le vene sulle tempie.

Fumo. Una persona a pochi passi dal Dante si scompone come una marionetta: la testa si arrovescia, il braccio teso si piega, il corpo casca all'indietro in un lento movimento a giravolta. Anche il Dante cade: all'interno del suo corpo, il cervello gli scivola fin nel ventre. Una donna piomba sull'asfalto, le braccia spalancate a croce, le mani che tentano di aggrapparsi a un palo della segnaletica: il sangue le scorre simmetrico dalle narici, disegnandole un paio di baffi. Un ragazzo barcolla in un dondolio in tondo, tame ona trottola che si ferma, le gambe scosse da un tremito da gainàtt. Un uomo parla a voce alta serrandosi la testa fra le mani e fissando l'asfalto.

Il camion dei vigili del fuoco. L'urlo delle ambulanze. On sconquàss. Qualcuno spintona il Dante, gli gridano di farsi da parte:

Circolare!

Si allontana barcollando, la testa in un vuoto di pensieri. Cammina senza ben sapere dove sia diretto. All'improvviso, lo stridere di una frenata brusca. L'urto violento di un'auto. Oggi è proprio la giornata delle tombole: il Dante è di nuovo a terra, riverso.

Il veicolo si è fermato, il conducente è sceso, discute in mezzo a un gruppetto di persone che si è radunato. Il conducente grida:

Ma che ce ne potevo io? È un balordo, magari è pure ubriaco.

Altre voci:

Ubriaco o no, bisogna portarlo all'ospedale.

Chiamate un'ambulanza.

Col casino di piazza Fontana, neanche pensarci. Lei lo deve caricare in macchina e portarlo al Pronto Soccorso. È compito suo: è lei che l'ha investito.

Il Dante giace con le membra rigide, gli occhi chiusi. Milano sta sospesa in una lontananza di sogno. Clacson, grida confuse. Sotto l'orecchio l'asfalto, la griglia di un tombino dove al Dante pare di sentir scorrere impetuosa l'intera massa d'acqua nera dei fiumi interrati di Milano: la Vettabbia, l'Olona, il Redefossi...

Lo sportello posteriore dell'auto viene spalancato, qualcuno lo spinge dentro a forza. Il motore ingrana. Il Dante cerca di restare estraneo alla corsa del veicolo. Di sguincio osserva il guidatore, o meglio quello che dal suo posto sul sedile posteriore gli è possibile scorgere: la nuca grassa, la giacca di buona sartoria, le mani guantate e, in certi istanti, il profilo rapace. Alzando per un momento lo sguardo allo specchietto retrovisore, vi sorprende due occhi che lo indagano.

L'auto si ferma a un incrocio per far salire un tizio intabarrato in un giaccone di pelle. Il nuovo arrivato sembra molto contrariato della presenza del Dante: lui e il conducente parlottano in fretta, scocciati. Sarà per l'assicurazione dell'auto, pensa il Dante; questioni di indennizzo, ché in casi simili si valuta la professione della vittima. Non si rendono conto che io sono una persona a coefficiente zero, ridacchia tra sé... L'unica cosa evidente è il fatto che hanno una fretta dell'òstrega.

Il Dante accosta la guancia al cuscino di pelle. È un macchinone ampio, un vero lusso.

I due sui sedili anteriori parlano della banca di piazza Fontana. A quest'ora tutti i giornali e le tivú staranno romanzando il fattaccio di pimenti estremi, pensa il Dante; e chissà se il Parafina l'hanno già rilasciato...

L'auto continua a correre. Semafori, larghe vie immerse nella nebbia. Al Dante pare di vedere San Siro: dunque non lo stanno portando all'ospedale. Allora dove? Ma non ha voce per fare domande. E poi a cosa servirebbe? Che lo portino dove vogliono. Si sente senza forze. Un'oppressione. Mancanza d'aria.

Nuova frenata. Il Dante resta a occhi chiusi. Lo sportello viene aperto, qualcuno lo strattona fuori con violenza. La «borsa degli Avanzi» gli viene strappata. Ha l'impressione che lo frughino. Che sia tutto un sogno?... Un colpo alla testa.

Din don campanòn,
tre vecchie in sul balcôn:
vuna la fila, vuna la taja,
vuna la fa 'l cappèll de paja.

Gelo. Dell'erba ghiacciata tra le dita. Scighéra. Per il Dante non c'è piú urgenza, piú alcuna distanza da percorrere, piú alcun pericolo da fuggire; insieme alla bolla sanguinolenta che gli sta esplodendo all'angolo della bocca, tutte le parole lo vanno abbandonando, leggere come piume. Con gli occhi che gli si offuscano, cerca di penetrare il buio della notte che lo sommerge, provando una pietà distaccata e priva di passioni verso la propria situazione.

Adesso sa dov'era il luogo del suo appuntamento con la Morte, fissato il giorno della sua nascita, appuntamento costantemente aggiornato per settant'anni, quasi settantuno. È sicuro che stia per comparire la Comare Secca, armata di falce, vestita del suo nero eterno, puntuale al rendimento dei conti.

Le dita nella tasca della giacca avvertono i resti della cremonesa che gli ha regalato il Parafina. Tenta di afferrarli, alza con grande fatica la mano a cui rimane appiccicato dello zucchero. Porta un dito alla bocca. Odore di sangue, di terra, di marcio. Gli sembra di assaporare il gusto autentico della fine. Ma non lo sputa.

Cerca di trascinarsi aggrappandosi agli arbusti gelati che crescono nel fosso. Freddo: sta diventando di marmo, come la Marién. Chiama:

Morte, dove sei?

Silenzio di gelo, di assenza, di trame oscure. Nessuno gli risponde. Ma lui non demorde:

Morte, sono qui.

E finalmente la Comaa Ranzonna si fa avanti:

Brutta gita in campagna, 'l mè Dante. Finire buttato in un fosso...

Mi va bene questo posto. Che sia il mio cimitero senza croci senza lapidi e senza lumini. Non avrei mai sopportato l'idea di qualcuno che mi componesse con le mani in croce: meglio stare cosí, con le mani strette a pugno lungo i fianchi, sentendo come tutto si sfraguglia in grani fini di calda memoria e ridiviene polvere. Ma cos'è sto rumore che mi riempie le orecchie? risate, gente che gioca a carte e canta... Allora è mica vero che sto morendo.

La Morte sorride:

Sei cosí sicuro che sia suono la vita e silenzio la morte, e non invece il contrario?

Il Dante volge il viso verso l'alto, stupito di quel chiarore che l'avvolge: la mente traversata dal pensiero che proprio a sto modo i ciechi rivolgono gli occhi al sole. Gli viene da ridere pensando a come gli uomini trusciano e si scalmanano per evitare la fine. Adesso gli è chiaro: quello che normalmente si pensa della morte è una favola... Sorride scorgendo l'Introibo e il Professôr seduti a un tavolo a bere grappa e a smazzare carte... Si augura che gli restino le forze per alzarsi dal fosso e correre a comunicare la strepitosa notizia:

Poeti, filosofi, giornalisti, figli d'Adamo tutti, ho il piacere di annunciarvi che l'antico castigo della paura è finito, perché c'è musica anche dall'altra parte.

Ma di correre non se ne parla, si sente troppo stanco. Un occhio si chiude, l'altro rimane aperto, lo sguardo sembra abitarlo ancora per un momento: ché adesso comincia la vera festa. Genti, stee alégher...

Tre noticine.

Ho cominciato a pensare a questo libro guardando le fotografie di Marco Mandibola, che ritraggono un barbone milanese della fine degli anni Sessanta, e leggendo i componimenti del poeta argentino Dante A. Linyera (1903-38), autodidatta e anarchico. A partire da lí, ha via via preso corpo il mio personaggio, che è naturalmente inventato.

Mi hanno fatto compagnia in questi due anni di stesura le parole di Carlo Porta, Alessandro Manzoni, Carlo Dossi, Carlo Emilio Gadda, Delio Tessa, Franco Loi, Giovanni Testori, Luigi Santucci, Paolo Valera, Dario Fo; le chiacchierate con Cesare Bermani e le memorie di quanti hanno saputo narrare nelle forme piú diverse la Milano del passato; le canzoni di Giorgio Gaber, Maria Monti, Fabrizio De André, Ivan della Mea, Enzo Jannacci, Georges Brassens, i Gufi. Senza dimenticare quel che devo allo strano incantesimo de *Le quattro stagioni* di Antonio Vivaldi, il primo long playing di musica classica che mi fu regalato nel lontano '69.

I versi di Carlo Porta inseriti nel testo (pp. 8, 43, 50, 82, 88, 89, 97, 106, 115) appartengono alla sua traduzione dell'*Inferno* di Dante, pubblicata in Carlo Porta, *Poesie*, a cura di Dante Isella, Mondadori, Milano 1975.

Per la grafia della lingua milanese, ho cercato di non allontanarmi molto dal vocabolario – un vecchio Hoepli curato da Cletto Arrighi nel 1896, che mi è molto caro – tenendo però presenti le esigenze di lettura di chi non abbia conoscenze dialettali. In particolare, considerate alcune esigenze editoriali di accentazione, riguardo al suono della vocale *u*, ho utilizzato i segni *ü*, per la cosiddetta *u* francese, e *ô*, per la *u* italiana tonica.

Indice

Stampato per conto della Casa editrice Einaudi
Presso Mondadori Printing S.p.a., Stabilimento N.S.M., Cles (Trento)
nel mese di gennaio 2010

C.L. 19995

Ristampa							Anno			
0	1	2	3	4	5	6	2010	2011	2012	2013